All I Want for Christmas

EMILY BLAINE

All I Want for Christmas

roman

HARPERCOLLINS FRANCE

83-85, boulevard Vincent-Auriol, 75646 PARIS CEDEX 13.
Service Lectrices — Tél. : 01 45 82 47 47
www.harlequin.fr

ISBN 978-2-2803-6037-1

Chapitre 1

♪ *Let it snow, let it snow, let it snow !* ♫

— Pourquoi fait-on ça déjà ? demandai-je à Julie en prenant une gorgée de ma bouteille d'eau.

— Officiellement ?

— Parce qu'il y a une version officieuse ? m'alarmai-je, presque scandalisée.

— Oui. Et elle est pire que la version officielle. Officiellement, nous devons nous entretenir et faire en sorte de ne pas mourir avant la ménopause.

Je fis la moue, sentant la transpiration ruisseler désagréablement dans mon dos. Mon débardeur était trempé et je redoutais déjà l'instant où je devrais retirer mes baskets. J'enlevai mon haut humide et enfilai un T-shirt informe, mais sec. Julie ajusta sa longue queue-de-cheval, m'offrant un clin d'œil complice.

— Et officieusement ? m'enquis-je.

— Je présume que jouer dans le remake de *Sauvez Willy* ne te branche pas spécialement ? sourit Julie en poursuivant ses ultimes exercices d'étirement.

— Evidemment que non. Mais comment expliques-tu que ce cours soit suivi exclusivement par des femmes ? continuai-je alors qu'elle tentait, avec une réussite insolente, d'enrouler ses mains autour de ses chevilles.

— Les hommes bricolent, les femmes font de l'aérobic, souffla-t-elle en étirant son dos.

Elle se redressa et changea de position, croisant les pieds, avant de plonger ses doigts vers le sol. Je grimaçai en la regardant faire : là encore, Julie touchait le bout de ses baskets sans sourciller.

— Et le prof est sacrément sexy, continua-t-elle.

— Vraiment ?

Julie se releva et planta son regard pétillant dans le mien.

— Vraiment. Sûrement que tu devais être trop concentrée sur les mouvements pour le remarquer.

— Julie, tu es la grâce incarnée. Moi, je suis juste… moi. Je ne « pirouette » pas ! râlai-je en faisant tourner mon index.

Elle cala sa cheville sur la barre au mur et s'étira de nouveau. Ce n'est qu'à ce moment-là que je remarquai que Julie, à l'inverse de moi, n'avait pas du tout transpiré. Je bus une nouvelle gorgée de ma bouteille, observant mes congénères d'aérobic. Pourquoi étais-je la seule à avoir le visage rougeaud et les cheveux collés aux tempes ?

— Tu te sentiras mieux après une douche, promit-elle.

— Bonjour, Julie, lança une voix derrière moi.

Le sourire de Julie s'élargit. Elle reposa le pied au sol et l'homme qui nous avait torturées pendant une heure passa à mes côtés. C'était à lui que je devais les litres d'eau que j'avais perdus. Je risquai un regard vers Julie, levant un sourcil entendu. Allait-elle un jour cesser sa quête de l'homme idéal ? Julie avait une peur panique de finir sa vie seule.

Cela expliquait aussi pourquoi je me trouvais à l'autre bout de la ville pour participer à un cours d'aérobic. Ce qu'on fait pour ses amis…

— Une surprise de vous voir à ce cours ! lâcha-t-il. Je pensais que le basic vous ennuyait.

— Je suis venue avec une amie qui débute, fit-elle en me désignant d'un mouvement de tête.

J'ai toujours adoré tenir le rôle de l'alibi.

L'homme, lui aussi parfaitement sec, pivota vers moi. Un sourire amusé flotta sur ses lèvres, pendant qu'une larme de sueur cavalait nonchalamment le long de ma tempe. Trahie par mon propre corps, je me réfugiai dans ma bouteille d'eau, réalisant qu'un doigt de vodka n'aurait pas été de trop pour retrouver une goutte de fierté dans ma flaque de transpiration.

— Ça vous a plu ? demanda-t-il.

Derrière lui, Julie hocha frénétiquement la tête, m'intimant d'aller dans son sens. Avais-je vraiment envie de lui faire plaisir après six stations de métro, dix minutes de slalom entre les plaques de verglas et quarante-cinq longues minutes d'humiliation sur fond de musique disco ?

— C'était sympa, marmonnai-je.

Elle m'en doit officiellement une.

Satisfait de ma réponse, il se tourna de nouveau vers Julie. Je grommelai derrière lui, lui offrant ma plus belle grimace. Julie se pinçait les lèvres, réprimant un rire.

— Je me demandais si vous accepteriez de prendre un verre avec moi ? demanda l'homme bien trop musclé pour être honnête — anabolisants, sans aucun doute.

J'écarquillai les yeux, faisant non de la tête à Julie, avant de lui lancer mon regard de tueuse. Elle n'allait quand même pas sortir avec un crétin pareil ! Ma meilleure amie fronça les sourcils, tentant de fuir mon regard sans y parvenir réellement.

— Ce soir, par exemple ? poursuivit l'homme.

De nouveau, je fis non de la tête. Même si j'admettais qu'il était plutôt séduisant — quand on aime les muscles, les hommes qui s'habillent en fluo, et éventuellement les chaussettes puantes à la fin de la journée —, je refusais de croire que Julie était désespérée au point de sortir avec le premier venu.

— Je ne peux pas ce soir, dit-elle, avant de me lancer un regard noir.

L'homme se tourna vers moi et je lui souris largement tout en repoussant mes cheveux humides. L'innocence incarnée.

— Nous allons au cinéma. Avec des amis, complétai-je, pour doubler l'alibi.

— Je vois.

Il reporta son attention sur Julie. Tout sourires, elle plaça les mains derrière son dos, se statufiant dans une forme d'angélisme un peu flippant. Connaissant Julie depuis des années, je savais qu'elle optait pour cette posture soit pour obtenir un rabais sur une robe déjà soldée, soit pour… me faire venir au cours d'aérobic.

— Pourquoi pas lundi ? suggéra-t-elle.

Horrifiée par sa proposition, j'enfonçai l'index dans ma bouche, espérant qu'elle comprenne le message. Elle ne pouvait pas sortir avec cet homme ! J'en frissonnais, avant de réaliser que c'était la brutale chute de température de mon organisme — passer de 45 degrés à 37 ne devait pas être spécialement une bonne chose — qui me donnait froid.

— Lundi, ça sera parfait. Après le cours ?

— Après le cours, approuva-t-elle.

Il opina légèrement, avant de la saluer et de rejoindre une autre galérienne du sport en salle. Julie le suivit du regard, le dévorant des yeux comme moi je lorgnais sur une gaufre au chocolat, option chantilly. Quand elle se tourna vers moi, j'avais les bras croisés sur la poitrine et tapais du pied en attendant une explication.

— Quoi ? fit-elle.

— Comment ça « quoi » ?

— Je vais juste boire un verre.

— Avec lui ? m'étonnai-je. Bon sang, Julie, ce type a noyé ses neurones dans les anabolisants !

— Je vais juste boire un verre, Emma, soupira-t-elle en attrapant son sac à dos.

Curieusement, je sentis l'exaspération dans sa voix. Je connaissais Julie par cœur et l'exaspération n'était pas un sentiment habituel chez elle. Après l'avoir observée un court instant, espérant qu'elle s'explique, je l'imitai et récupérai mon sac. Nous sortîmes et l'air frais me frappa au visage. Aucun doute, j'allais finir par attraper une pneumonie.

La neige retombait, parsemant les trottoirs parisiens d'un léger duvet blanc, craquant sous mes baskets. Julie resta silencieuse, gagnant d'un pas vif la place de la Madeleine. Elle traversa la rue, ne prenant pas la peine d'utiliser le passage piéton, sautillant presque entre les voitures.

— Oh ! Je sais, fis-je dans un accès de lucidité.

— Tu sais quoi ?

— Tu as vu ta sœur ce week-end ! triomphai-je. Ta sœur très très mariée, très très enceinte et…

— Très très jeune, finit-elle avec une mine boudeuse. Elle m'a ruiné le moral avec sa vie parfaite d'épouse parfaite, de future mère parfaite, sa maison en banlieue, son labrador et… Crois-moi, c'est grâce à son gros ventre qu'elle est encore en vie, pesta-t-elle.

— Tu as eu pitié du môme ?

— Non. Tu te souviens de la fameuse baleine ?

— Willy ? Je crois que c'est une orque, Julie.

Elle me jeta un regard de folle furieuse et je levai les mains devant moi dans une vague tentative d'autodéfense. La relation entre Julie et sa sœur s'apparentait à la relation que j'avais avec la gym : douloureuse et sans espoir.

— Pardon, m'excusai-je. Donc… la baleine, l'encourageai-je.

— Elle ressemble à cette foutue bestiole, les trois épisodes cumulés ! râla-t-elle. Impossible d'atteindre sa gorge !

— Julie, tu détestes ta sœur. Le fait qu'elle ressemble à un monstre devrait te réjouir. Non ?

Elle soupira lourdement et baissa la tête. Clairement, sa sœur était une fichue garce, bien trop heureuse pour que ce soit vrai et bien trop riche pour que son mari soit honnête. La sœur de Julie représentait tout ce que je ne voulais pas : la vie de couple, la vie de mère de famille. A côté de ça, l'aérobic était vraiment fun et jouissif.

— Ça doit être freudien, commenta finalement Julie. Je la hais. Je te promets que je la hais, jura-t-elle la main sur le cœur. Mais dès que je la vois, j'ai l'impression d'être en thérapie intensive et d'être… anormale.

— Julie, tu as 28 ans. Tu es normale !

— Tu crois ?

— Sauf quand tu décides de me traîner à ton fichu cours pour avoir un alibi pour parler à M. Biceps ! corrigeai-je en espérant lui tirer un sourire. Mais je t'assure que tu es normale !

— Mais elle est enceinte !

— Enceinte, donc couverte de vergetures, et vraisemblablement incapable de s'épiler convenablement. Tu es normale, répétai-je.

— Je suis désespérée, soupira-t-elle.

— Si ça se trouve, ce prof de gym est vraiment sympa, fis-je pour la consoler.

— Tu n'en penses pas un traître mot !

— Non, avouai-je. Mais tu parles à une fille qui a renoncé à la quête du Graal.

Calant mon bonnet sur les oreilles, j'enroulai mon bras autour de celui de Julie et l'entraînai sur la gauche. Elle esquissa un sourire, serrant son écharpe autour du cou. Nous passâmes devant plusieurs cafés, aux fenêtres couvertes de condensation, avant de bifurquer dans une petite rue adjacente pour arriver à hauteur de notre café favori. Chaleureux, doté de fauteuils confortables et peu fréquenté à cette heure, cet endroit hébergeait nos folles habitudes depuis des années. Nous y commentions nos vies, partagions nos déboires et surtout — *surtout !* — nous analysions les délires de Simon, maître des lieux et apprenti décorateur. Je lui adressai un rapide signe de la main en franchissant le seuil, avant de grimper l'escalier en colimaçon qui menait à l'étage. Je visai nos fauteuils habituels, ceux couleur crème, incroyablement moelleux, et m'y affalai immédiatement.

— Je te hais, soufflai-je en pointant mon amie du doigt. Et c'est toi qui régales, l'informai-je en voyant Jeanne, compagne de Simon et unique serveuse, venir vers nous.

Elle nous adressa un sourire lumineux, tandis que je fixai, très dubitative, son pull à col roulé, en laine rouge épaisse, orné d'un splendide Père Noël sur son traîneau.

— Tu as le droit de te moquer, lança-t-elle en repérant mon regard.

— Non, non. Ce n'est pas ce que je pensais, répondis-je en me redressant.

— Tu as perdu un pari ? demanda Julie en pleine sidération.

— Non. Il me l'a juste demandé. En fait, l'amour, ça craint, soupira-t-elle.

Julie et moi échangeâmes un regard, ravalant le fou rire tonitruant qui nous taraudait.

— Apparemment, Simon a retrouvé sa compilation de Frank Sinatra, sourit Julie en retirant écharpe et veste.

— Je l'avais pourtant cachée, soupira-t-elle. Il va finir par me rendre dingue.

— Il a même mis des mini-sapins sur les tables ! m'écriai-je, admirative.

Le petit sapin, de la taille d'un mug, s'illuminait, alternant les nuances de rouge, de vert et de doré. C'était la marque de fabrique de Simon : faire dans le kitsch et l'assumer. Cette année encore, il avait investi lourdement en temps et en argent dans la décoration de Noël. De petites guirlandes lumineuses scintillaient autour des fenêtres et un sapin grandiose, à l'odeur marquée de résine, trônait dans un angle.

Je retirai mon bonnet et me frottai vigoureusement les mains. Pendant un court instant, j'oubliai ma séance de gym forcée et m'étirai, tendant les bras en avant. La douleur me vrilla le dos et un grognement m'échappa.

— Je crois que tu as mérité un cappuccino, proposa Julie en lançant un regard à Jeanne. Je prendrai un chocolat, bien chaud.

Rien que le mot « cappuccino » suffit à me réchauffer. Julie était parfaitement au courant de mes habitudes et elle savait que cela parviendrait à me faire oublier l'épreuve humiliante de l'aérobic.

— Techniquement, je pourrais te baiser les pieds pour ça. Mais j'ai trop mal partout ! Et de toute façon, je te déteste.

Petit à petit, je sentais mon corps s'engourdir ; mon corps se sclérosait, tétanisant mes membres et limitant mes mouvements. Je fermai les paupières, m'enfonçant un peu plus dans le fauteuil. Selon toute probabilité, je serai incapable de m'en relever.

Derrière moi me parvint la voix envoûtante de Frank Sinatra, légère mais un peu rauque

Noël est mon moment préféré de l'année.

— Si pour la Saint-Valentin, il ressort l'intégrale de Barry White, je jure que je l'étrangle, râla Julie.

Je rouvris les yeux. La lumière, bien que tamisée, associée au bourdonnement dans mes tempes allait m'achever.

— Si tu savais à quel point je te maudis en ce moment même, marmonnai-je. Tout ça pour parler à ce type !

— Je ne vais pas vraiment sortir avec lui, déclara doucement Julie.

— Je ne t'aurais pas laissée faire. Tu mérites un homme… Je ne sais pas… drôle et intelligent. Et qui ne gagne pas sa vie en comptant jusqu'à 3. En fait, tu mérites un homme qui te fera porter un pull horrible en laine.

— Aussi pathétique que ça puisse paraître, je veux bien que tu me présentes ce gars-là !

— Tu n'es pas pathétique. Tu cherches l'amour. Personnellement, je passe mon tour : rien que l'idée me fatigue. Et en plus, il faut encore qu'il plaise à tout le monde. La barre est trop haute.

— Merci pour tes encouragements, railla Julie. Je me sens encore plus mal !

Jeanne réapparut, sourire aux lèvres, portant nos mugs fumants sur un plateau. Avec l'effet des guirlandes, une aura lumineuse l'entourait, soulignant son regard clair. Elle déposa notre commande sur la table basse, fredonnant « Let it snow ».

— Tu n'as pas le droit de me parler de douleur ce soir, la prévins-je en prenant mon mug entre les mains.

— Peut-être devrions-nous alors parler de… Marc ?

— Dîner agréable, mais sens de l'humour catastrophique.

— Eliminatoire.

— Eliminatoire, approuvai-je en entrechoquant nos boissons.

Nous nous étions engagées à ne pas laisser l'autre s'embourber dans une éventuelle et catastrophique relation. Surtout avec des crétins décérébrés et incapables de comprendre nos besoins primaires.

C'était sûrement le meilleur cappuccino de ma vie. J'oubliai pendant une seconde que je devrais à terme rentrer chez moi et entrer dans ma baignoire sans avoir mal…

— Regarde-moi ça, s'amusa Julie en se redressant, les yeux rivés sur l'escalier.

Je tournai la tête — aïe, ici aussi, j'avais des muscles — et observai Grégoire et Yann avançant vers notre table. Yann était en short : ce qui, dans ce monde, était aussi miraculeux qu'une Emma pirouettant à un cours d'aérobic. Il secoua ses cheveux parsemés de flocons de neige et grimaça, avant de s'effondrer dans le fauteuil près du mien. Nos regards se croisèrent finalement et je lui offris un regard compatissant. Grégoire étreignit furtivement sa sœur, avant de s'installer à ses côtés.

— Je déteste Grégoire ! râla Yann en basculant la tête en arrière.

— Il t'a traîné à la boxe ?

— Pour la première et la dernière fois de ma vie. Est-ce que c'est un cappuccino ?

— Tu oses demander ? m'esclaffai-je en lui tendant mon mug.

— Désolé, je crois que j'ai perdu des neurones. Pourquoi tes cheveux sont humides ?

— Elle m'a traînée à l'aérobic, expliquai-je en désignant Julie d'un mouvement de tête. Officiellement, pour prendre soin de mon corps. Officieusement, pour se caler un rencard avec le prof de gym !

Julie me renvoya un regard mauvais, que son large sourire adoucit immédiatement. Elle sirota doucement sa boisson, pendant que Yann la fixait comme si une seconde tête était en train de pousser sur son épaule.

— Tu vas sortir avec un mec qui ne sait compter que jusqu'à trois ?

J'étouffai un rire, suivie par Julie. Grégoire commanda deux *latte* — geste salué par une courbette de gratitude de la part de Yann —, puis alluma son téléphone.

— Quoi de neuf ? demanda-t-il.

— Julie sort avec son prof de gym, résuma Yann en prenant une nouvelle gorgée de ma boisson avant de me la rendre.

Il s'effondra de nouveau dans le fauteuil, son visage se plissant dans une vague douleur, avant de planter son regard dans le mien. Je lui lançai un sourire réconfortant.

— Je ne suis que douleur, murmura-t-il avec désespoir.

— Pourquoi as-tu laissé Grégoire t'entraîner dans cette galère ? demandai-je.

— Parce que tu crois que j'ai eu le choix ? D'ailleurs, Grégoire, ajouta-t-il en dirigeant son regard vitreux vers lui, ce que tu as fait est répréhensible !

Grégoire se contenta de sourire, son visage s'éclairant

immédiatement. C'était ce que j'aimais chez lui : sa carapace n'était pas aussi dure que son physique imposant le laissait supposer. Sûrement qu'il avait traîné Yann à la boxe pour une bonne raison.

— Donc, ce prof de gym ? demanda Yann en se redressant finalement.

— Je vais juste aller boire un verre avec lui, soupira Julie en levant les yeux au ciel.

— Toi, tu as vu Marie ce week-end, conclut Grégoire en buvant une gorgée du latte de sa sœur.

Je pouffai de nouveau de rire, avant de hocher la tête à l'intention de Grégoire. Il lui offrit un regard contrit. Aussitôt, Julie se pencha vers lui, calant la tête sur sa large épaule. Son frère lui embrassa le haut du crâne, avant de la serrer contre lui, lui frottant affectueusement le dos. Julie se laissa faire, acceptant, défaite, qu'on la console de sa déplorable vie de famille.

— Julie se croit anormale ! fis-je.

— Peut-on cesser de parler de ma palpitante vie ?

— Comme M. 1-2-3 ? demanda Yann.

— Qui est M. 1-2-3 ? s'enquit Grégoire en fronçant les sourcils.

— Le prof de sport ! dîmes Yann et moi à l'unisson. Tu sais bien… Et 1, et 2 et 3, sur la gauche, me moquai-je en m'agitant dans mon fauteuil.

De nouveau, Grégoire lui offrit ce regard contrit. Sans attendre, Julie se blottit un peu plus contre lui, il frotta encore la main sur son dos pour la consoler. Je le regardais faire, admirative de leur relation fraternelle. J'étais fille unique et parfois j'enviais Julie d'avoir un frère si prévenant avec elle. Jeanne déposa les deux *latte* sur la table, levant un sourcil curieux en voyant Yann en short, alors que la neige tapissait les vitres.

— Joli pull, la complimenta-t-il.

— Les boissons sont déjà payées, rit-elle.

— Et elle est déjà mariée, rappelai-je à mon meilleur ami.

— Cette journée est de plus en plus catastrophique.

— Que faisais-tu à la boxe ? demandai-je à Yann.

— Je tente de lui apprendre à être un homme, commenta ironiquement Grégoire.

— En lui fracassant le crâne ? s'étonna Julie, se libérant de l'étreinte de son frère pour se réinstaller dans son fauteuil.

— En tapant dans un sac de sable, corrigea Yann. Regarde ça !

Il me montra ses dix doigts, abîmés et dont certaines jointures saignaient un peu. Je grimaçai, réalisant que mes courbatures étaient un don du ciel par rapport à ça. J'effleurai sa peau du bout des doigts, mais très vite Yann retira sa main, son visage se tordant de douleur.

— Ça fait un mal de chien ! dit-il en tentant de replier doucement ses mains malmenées.

— C'était donc ça cette odeur de testostérone ? ironisa Julie.

— Très drôle. Contrairement à certains, je n'ai pas besoin d'un sac de sable pour me prouver ma virilité !

— Non, tu as besoin d'une femme, fit la voix de Laura derrière nous.

Instantanément, Grégoire se redressa et offrit sa place à Laura. Elle l'embrassa furtivement sur les lèvres, pendant que nous autres trouvions un nouvel intérêt à notre café. Elle s'assit dans le fauteuil, et Grégoire s'installa auprès d'elle, à califourchon sur l'accoudoir.

Autant je ne voulais pas d'une vie comme celle de la sœur de Julie — enceinte, mariée, pénible, irritante et donc victime idéale de meurtre —, autant j'enviais la relation de

Grégoire et Laura. Amis, amants, âmes sœurs : à mes yeux, la combinaison parfaite. Parfois, je les observais et j'enviais la facilité déconcertante de leur couple. Dans un soupir, je pris conscience que la perfection de leur histoire était la raison pour laquelle j'avais renoncé.

— Tu veux un café ? lui demanda Grégoire.

— Ça ira, je sors d'une réunion assez pénible et je cherche justement à exsuder toute cette maudite caféine. Tu as été faire du sport ? s'étonna-t-elle en me fixant.

— Aérobic. J'ai tenu la chandelle pendant la danse de séduction de Julie.

— Pourquoi je ne suis jamais dans les bons plans ! se lamenta Laura.

— Pourquoi ? Parce que Julie prend un plaisir fou à me torturer. Cela étant dit, tu as loupé le meilleur avec M. 1-2-3 invitant Julie…

— … à prendre un verre ! s'exclama cette dernière, consternée par ma moquerie manifeste. Je vais juste prendre un verre ! Tout le monde fait ça ! Laura, rappelle-toi quand tu as rencontré Grégoire !

— Tu veux dire quand son assiette de spaghettis a rencontré mon tailleur Chanel ? riposta Laura en coulant un regard vers son amoureux. Je confirme : il a bien pris un verre !

— J'aimerais dire que je suis désolé, mais sincèrement, je ne le suis pas !

Le regard de Laura s'adoucit et elle posa la tête sur le bras de Grégoire dans une furtive étreinte. Dieu du ciel, je détestais quand ils oubliaient qu'ils étaient en public. Yann se racla la gorge, leur rappelant notre présence, avant de finir son *latte* d'un trait.

— Il faut que je rentre, j'ai une journée dantesque qui m'attend demain.

— Tu ne vas pas me laisser seul avec toutes ces filles ! s'écria Grégoire avec un sourire.

— Qui manque de testostérone, maintenant ? ironisa Yann.

— Je crois que je vais rentrer aussi, je suis… agonisante.

— Je vais rester un peu, annonça Julie. Il faut qu'on parle du cadeau de Noël pour nos parents, expliqua-t-elle en désignant son frère.

— Très bien. Yann, tu peux me ramener ? demandai-je en me soulevant péniblement.

— Ma voiture est au garage. Je peux te raccompagner en métro.

— Et tu survis à ce drame ? plaisantai-je en connaissant l'attachement ridicule de Yann à sa voiture.

— Pas grâce à ton humour.

— Yann, tu ne réalises pas la chance que tu as… Elle aurait ruiné les sièges avec sa transpiration ! lui fit remarquer Julie.

— Je crains que ses sièges n'aient déjà vu pire, railla Grégoire.

Je haussai un sourcil curieux vers Yann. Il leva les yeux au ciel, préférant ne pas rentrer dans le débat. Je lui offris un sourire, le rassurant sur ce que je pensais de lui.

— Je sais que tu n'es pas ce genre d'homme, soufflai-je en prenant mon sac à dos.

— Merci, Emma, ton soutien me touche.

— Mon soutien ? Ah non, tu te trompes. Je cherche juste à rétablir la vérité, parce que je crois savoir que tu préfères le capot de ta voiture, n'est-ce pas ?

Lentement, Yann se tourna vers Grégoire. Ce dernier éclata de rire, pendant que les épaules de Julie tressautaient. Je souris aussi, réalisant que nous n'avions plus vraiment de secrets les uns pour les autres. C'était à la fois rassurant, parce que nous n'avions rien à nous cacher, et à la fois une forme de bouclier ultra-protecteur. Rien ne pouvait m'arriver parmi eux.

— Elle m'a torturé ! se justifia finalement Grégoire.

— Tu lui as fait tes lasagnes ? me demanda Yann en se tournant vers moi.

— C'était un pur hasard ! Nous avons parlé, et une chose en entraînant une autre... Nous sommes arrivés...

— ... sur le capot de ma voiture ? finit Yann pour moi.

— Oui. Au sens figuré.

— Et nous en sommes restés aux hypothèses, compléta Grégoire dans le vain espoir de se dédouaner de son impair.

De nouveau, Yann leva les yeux au ciel avant de caler son sac de sport sur son épaule. Les jambes dures comme du bois, je parvins à faire un pas, tout en maudissant Julie. Tout ça pour un type qui ne savait compter que jusqu'à trois ! Lamentable. Péniblement, je parvins à mettre mon manteau et à me couvrir pour affronter le froid.

Autant j'aimais Noël, autant la neige...

— Allez ma belle, partons à la conquête de la vie sauvage ! me proposa Yann en m'offrant son bras.

— Dans le métro ?

— Tu verras que tu regretteras mes sièges en cuir, ultraconfort ! A demain tout le monde !

— Rentrez bien ! lança Laura.

Clopinant tous les deux, Yann et moi nous dirigeâmes vers la sortie du café. Rassurée par sa présence près de moi, j'avançais prudemment. La nuit commençait à tomber et les vitrines s'éclairaient de décorations multicolores.

— Est-ce que ça va ? s'inquiéta Yann alors que nous marchions en silence vers le métro.

— Tout va bien. Je réfléchissais à la possibilité de ressortir ma poupée vaudoue pour Julie.

— Je pourrai te l'emprunter pour Grégoire ?

— Tout dépend. Vas-tu vraiment me priver de ton divin carrosse ?

— Cette histoire de capot aurait-elle donné des idées peu catholiques à notre chère Emma ?

— Yann, ma vie intime ressemble au néant. J'ai déjà du mal à survivre à un cours d'aérobic, comment veux-tu que je tienne la distance sur une relation ?

— Qui parle de relation ? Je te parle de sexe !

— Oh ça… Tu as raison, c'est vraiment différent de ma vie intime. Tu vois le néant ?

— Je vis le néant, sourit-il.

— Eh bien, dans tout ce néant, il y a encore du néant. Et là se cache ma vie sexuelle !

Yann étouffa un rire pendant que nous nous engouffrions dans la bouche de métro. Je sortis mon pass, pendant que Yann farfouillait dans son sac à la recherche d'un ticket. J'entendis la rame de métro arriver et commençai à me diriger vers le quai. A la vitesse à laquelle j'allais, Yann n'aurait aucun mal à me rejoindre.

Et effectivement, alors que j'entrais dans la rame, Yann arriva juste derrière moi, d'un pas vif et alerte qui me renvoyait à mon état de délabrement.

— Viens t'asseoir, proposa-t-il en visant deux strapontins sur la gauche.

— Aucune chance que je puisse me relever.

— Tu veux que je te raccompagne jusqu'à chez toi ?

— Tout ira bien. Je vais juste prendre une douche et ensuite aller mourir dignement au fond de mon lit. Comment vont tes mains ?

Il les sortit des poches centrales de son sweat et les

tendit devant moi. Les petits saignements avaient stoppé, mais la peau restait marquée et abîmée. Yann grimaça quand je l'effleurai, mais ne me repoussa pas.

— Quelle idée de se mettre à la boxe ! râlai-je en vérifiant que ses paumes étaient intactes.

— Grégoire voulait qu'on discute. Il est même venu me chercher à mon bureau.

Je relevai les yeux vers Yann, espérant la suite de son explication. Il fronça les sourcils, fuyant mon regard. Le métro nous secouait et, finalement, les yeux de Yann rencontrèrent les miens.

— Quelle date sommes-nous ? demandai-je finalement à Yann.

— Le 18 décembre.

J'écarquillai les yeux et libérai les mains de Yann. Il secoua la tête, réalisant qu'en une seule phrase, il avait vendu le secret de Grégoire.

— Je déteste qu'on soit si proches, se morigéna-t-il, tu lis en moi à une vitesse hallucinante. Tu dois me promettre de ne rien dire à Laura !

— Est-ce que je peux en parler à Julie ? tentai-je.

— Surtout pas !

— Mais Yann, nous n'avons jamais eu de secrets les uns pour...

— Emma, s'il te plaît.

Son sourire s'effaça et je me figeai, raide comme un piquet sur mon strapontin. Savoir que Grégoire avait prévu de demander Laura en mariage me faisait plaisir. J'étais vraiment heureuse pour eux. Mais, maintenant que j'y réfléchissais, que je pensais aux conséquences, un sentiment désagréable d'abandon prédominait. Ça n'avait aucun sens, mais la perspective de leur mariage me renvoyait à mon propre célibat. Maintenant, je les enviais vraiment.

— Est-ce que tout va bien, Emma ?

— Oui… Je… je réfléchissais. Je descends à la prochaine.

Je me levai de mon strapontin, assommée par la douleur et par la perspective de voir notre petit groupe se disloquer. Ils allaient se marier, avoir des enfants, être… une nouvelle entité, loin du groupe que nous formions. Pourquoi étais-je si triste de les voir heureux ?

— On se voit demain ?

— Oui, comme d'habitude, éludai-je rapidement.

La rame ralentit et une voix mécanique annonça ma station. Je remis mon sac à dos sur mon épaule et me positionnai tout près de la porte. Yann se leva à son tour et me donna un léger coup de coude pour me sortir de ma torpeur.

— Rentre bien ! sourit-il largement.

Il enroula ses bras autour de moi et me serra contre lui dans une étreinte familière et agréable. Je savais qu'il cherchait à me rassurer, Yann avait toujours eu ce rôle. Il calmait mes tourments existentiels. Il était l'apaisement au milieu du marasme.

Quelques secondes plus tard, il s'écarta de moi et la porte de la rame s'ouvrit.

— Emma ? m'interpella-t-il alors que j'étais sur le quai.

— Oui ?

— Je plaisantais. J'aime qu'on soit si proches. Sois prudente.

La porte se referma sur son sourire lumineux. La rame repartit, et pendant quelques secondes, je restai sur le quai, stoïque, observant les feux rouges arrière. Mon sourire réapparut avant d'arriver chez moi.

Comme prévu, je me jetai sous la douche en gémissant des douleurs diffuses dans tout mon corps. J'allais tuer Julie, je le jurai solennellement.

Pendant la nuit, mon corps s'était transformé en ersatz de Pinocchio : j'étais désormais de bois, mes jambes dures et raides, mes épaules douloureuses, mes fesses en béton armé.

J'étais un bunker. Ou la fille spirituelle de Wolverine, la barbe en moins heureusement.

Je parvins à m'habiller, alternant gémissements et promesses de mort imminente à Julie ou à toute personne vêtue de fluo. Ma tenue de torture traînait au sol, l'ironie du sort voulant que je me contorsionne pour récupérer mes vêtements à l'odeur douteuse afin de les mettre à laver. Je remisai mes baskets au placard, tout en haut et loin de mes yeux.

Parvenue — Dieu seul sait comment — au bureau, je lançai mon ordinateur et réprimai un cri de douleur en me saisissant de la souris.

— J'ai mal ! dis-je à mon écran. Très mal, donc tu as intérêt à être très compréhensif.

Et il le fut. M'offrant le privilège de l'écran bleu et de la fameuse erreur fatale. Fatale à qui, on se le demande.

Poliment, je déclinai toutes les propositions de café. Prendre un café signifiant se lever de ma chaise, marcher sur cinq mètres, lever la main pour insérer une pièce, se pencher pour récupérer le gobelet, et tout ça avec le sourire. Dans la mesure où même mes zygomatiques imploraient la mort, je ne me voyais pas aller à la cafétéria.

A la pause, j'eus l'agréable surprise de voir Laura débarquer dans mon bureau, un sourire aux lèvres. Parfois, nous arrivions à faire coïncider nos agendas pour partager nos déjeuners. Elle travaillait à deux rues du cabinet d'architecture dans lequel j'officiais, près de l'Arc de triomphe.

Elle ôta son bonnet couvert de neige et se recoiffa d'un geste rapide de la main.

— J'aimerais me lever pour te dire bonjour, mais mon corps refuse d'obéir à un quelconque ordre.

— J'ai donc bien fait de rapporter du chinois ! se réjouit-elle en sortant un sac de derrière son dos.

— Techniquement, je pourrais tomber amoureuse de toi à cet instant !

Je fis de la place sur mon bureau et elle s'installa, déballant la nourriture qu'elle avait apportée.

— C'est bien les nouilles sautées que tu préfères ? s'enquit-elle, hésitante.

— Euh… oui.

Je songeai furtivement à ma conversation de la veille avec Yann. Cette fois, je n'avais plus ce sentiment terrible de perdre quelque chose. Laura avait gagné sa place dans notre groupe.

Et surtout, elle avait acheté des nems aux crevettes.

— Est-ce que tu rentres voir ta famille pour Noël ? demanda-t-elle avant d'engloutir un rouleau de printemps.

— Pas cette année. Je suis bloquée ici pour des réunions budgétaires, soupirai-je, contrariée.

— Génial ! se réjouit-elle pendant que je lui lançais un regard furibond. Enfin, je veux dire, reprit-elle, c'est dommage. Mais génial, parce que j'envisageais de faire un dîner avec tout le monde pour Noël. On pourrait faire ça chez mes parents.

Les parents de Laura avaient une maison immense… et vide. Quand l'automne arrivait sur Paris, ils partaient pour le sud de la France et ne revenaient qu'en avril. De véritables oiseaux migrateurs.

— Un conseil, ne laisse pas Grégoire s'occuper de la dinde.

— Ah… Dois-je demander pourquoi ?

— Pas si tu veux garder une bonne image de lui.

— J'ai vu Grégoire nu, j'ai une image de lui assez… objective.

Je grimaçai. J'avais moi aussi vu Grégoire nu et je tentais depuis des années de refouler ce souvenir. C'était certainement la seule limite à notre amitié : le traumatisme de se voir nu.

— Il y a deux ans, il a fait la dinde au chalumeau. Oui, oui, toute la dinde, précisai-je en voyant la bouche de Laura former un « O » parfait.

— Bien. Tu géreras la dinde ! m'intima-t-elle en me désignant avec ses baguettes. De toute façon, tu es la seule capable de cuisiner. Yann m'a dit qu'il s'occuperait du dessert.

— Ça peut être un bon plan. Du moins, si sa mère vient le voir la semaine précédente.

— Ah ! Ça compte ? m'interrogea-t-elle, perplexe.

— Pour la qualité de ton dessert ? Sans conteste ! Sa mère est une remarquable cuisinière. Yann, à côté… disons que son dessert le plus abouti consiste à sortir une bûche du réfrigérateur. Que fait Julie ?

— L'entrée. Est-ce que je prends des risques ? s'inquiéta mon amie en me voyant grimacer.

— Je te cite, Laura : « Tu es la seule capable de cuisiner ». Cela étant dit, je peux appeler Yann pour m'assurer que tout est sous contrôle.

— D'accord.

Un silence s'installa pendant que Laura me fixait. Je reposai mes baguettes et m'essuyai les lèvres.

— Tu veux que je l'appelle maintenant ?

— S'il te plaît. Sinon, j'engage un traiteur !

Je composai le numéro de Yann sur mon téléphone de bureau et mis le haut-parleur.

— Bureau de Yann Garnier, bonjour, lança une voix féminine.

— Je… euh… bonjour, marmonnai-je, surprise de ne pas entendre la voix de Yann.

Généralement, quand je l'appelais, il reconnaissait mon numéro et décrochait avec un « Oui, Emma ? » concerné.

— Pourrions-nous parler à M. Garnier ? demanda Laura en voyant que je ne réagissais pas.

Qu'avaient-ils tous à vouloir changer mes habitudes ? Grégoire qui voulait se marier, Yann qui se dégotait une assistante, Laura qui fêtait Noël, Julie et son prof d'aérobic…

— Qui dois-je annoncer, madame ? demanda la jeune femme.

— Emma Rousseau.

Il y eut un déclic et une musique d'attente résonna dans mon bureau. Je fixai mon combiné, stupéfaite et consternée. Quand la voix de Yann se fit entendre, Laura me lança un regard, m'intimant de me reprendre.

— Oui, Emma ?

Ah, voilà, enfin le retour à des choses normales et habituelles.

— Depuis quand as-tu une assistante ? attaquai-je, toujours sous le choc.

— Depuis trois semaines.

— Et tu comptais nous le dire un jour ?

— Est-ce à ce point primordial ? plaisanta-t-il.

— Disons que cela aurait évité à Emma de bloquer stupidement pendant quinze secondes, railla Laura. Salut, Yann !

— Bonjour, Laura. Merci de me faire savoir que je suis sur haut-parleur ! J'aurais pu lâcher une énormité !

— Quel genre d'énormité ? s'intéressa vivement Laura.

— Peut-être le fait que M. Garnier a une assistante ! ironisai-je. Et pour te répondre, oui, c'est primordial !

— Tu m'appelais pour une raison particulière ou juste pour te décharger de tes envies de meurtre envers Julie ? éluda Yann en riant.

— Fais gaffe, je peux aussi garder ma poupée vaudoue pour toi, Yann.

Il éclata de rire et je ris à mon tour, pendant que le regard de Laura alternait entre le téléphone et moi. Elle pencha la tête, un peu étonnée, avant de la secouer pour reprendre un fil de conversation un peu plus sensé.

— On appelle pour Noël, lança Laura.

— On peut nommer ça le « projet chalumeau », tentai-je, déclenchant un nouveau rire de Yann.

— Emma, c'est moche de dévoiler les secrets de Grégoire.

— Pas quand il en va de la survie de notre espèce !

— Certes, approuva Yann. J'ai dit que je m'occupais du dessert.

— Je sais. Mais Emma m'a informée d'une espèce de corrélation entre ta mère et ta capacité à cuisiner un truc mangeable, dit Laura en me faisant un clin d'œil.

— Merci du vote de confiance, se renfrogna-t-il. Je pourrais vous impressionner !

— Oui, tu pourrais. Ta mère arrive quand ? renchéris-je en voyant le sourire de Laura s'élargir.

— Emma, je retire ce que j'ai dit hier soir. Je déteste effectivement qu'on soit si proches. Elle vient me voir la veille.

J'éclatai de rire, suivie par Laura. Brutalement, la douleur de mes muscles me sembla secondaire. Parler avec Yann, être avec Laura était le meilleur des antidouleurs. Le bouclier bienfaiteur, comme toujours.

— Parfait. Merci, Yann, je compte donc sur toi, enfin sur ta mère, pour notre dessert.

— Fais-moi plaisir : ne dis rien à Grégoire, j'ai envie de l'épater ! nous confia Yann.

— Je serai une tombe, Yann, promit Laura. On se voit toujours ce soir à la maison ?

— Laura, pour ce genre de choses, il faut gérer avec son assistante ! la grondai-je faussement. Yann ne gère plus son planning !

— Ah, ah… très drôle, mademoiselle Rousseau ! Tu es une ignoble petite personne !

Laura étouffa un rire et commença à débarrasser et nettoyer les reliefs de notre repas. Je décrochai le combiné et coupai le haut-parleur pour finir ma conversation avec Yann.

— Merci d'avoir pris le temps de t'entretenir avec nous, soufflai-je en bougeant douloureusement la nuque.

— Un vrai plaisir. Comment te sens-tu ? s'inquiéta-t-il.

Je l'imaginais déjà, son front plissé, repoussant les dossiers devant lui. Depuis que je le connaissais, Yann avait toujours eu cette incroyable capacité à me faire me sentir mieux, rien qu'en me demandant comment j'allais.

— Ça va, soufflai-je avec un sourire. Mais la tête de Julie est toujours mise à prix. Et toi, comment vas-tu ?

— Mieux, maintenant. Te parler m'évite de me focaliser sur la douleur.

— Exactement ce que je me suis dit quand Laura a débarqué avec du chinois.

— Parfois, je regrette que Laura ait de meilleures idées que moi. J'aurais dû y penser.

— Peut-être une prochaine fois.

— Peut-être. Est-ce que tu viens ce soir ?

— Ah, je ne suis donc plus une ignoble petite personne ? raillai-je.

Laura se réinstalla devant moi et son sourire s'élargit en entendant les bribes de ma conversation avec Yann. Laura s'étonnait régulièrement de ma relation avec Yann : nos conversations interminables, notre équipe au Pictionary, nos fous rires communicatifs. Yann était mon meilleur ami et, même si cela pouvait surprendre, je ne voulais rien changer. Cela me fascinait toujours qu'il ait pu se lier d'amitié avec Grégoire : ils étaient à l'opposé l'un de l'autre. Mais je présumais que partager le même dortoir à l'université ne leur avait pas vraiment donné le choix.

— Et ne lève pas les yeux au ciel, Yann.

— Ce soir, quand tu supplieras Grégoire de te laisser faire équipe avec moi, je pourrais refuser, tu sais !

— Vraiment ? Tu ne peux pas faire ça, c'est… traditionnel, m'affolai-je. On a toujours été une super-équipe ! Tu ne peux pas faire ça, Yann.

— Tu as raison. Je ne peux pas, rit-il. J'en déduis donc que tu viens ?

— Donne-moi une bonne raison de louper notre soirée Pictionary ?

— Tu pourrais avoir un rendez-vous.

— Au milieu du néant ? Et même si c'était le cas, ça ne suffirait pas à justifier une absence à une soirée Pictionary.

Relevant les yeux vers Laura, je pris conscience que cette conversation avec Yann n'en finissait plus. C'était ainsi depuis toujours et Laura, comme tous les autres, avait dû apprendre à faire avec ce mode de fonctionnement particulier : il lisait dans mes pensées et je parvenais à deviner la fin de ses phrases. Cette complicité facile et évidente ne ressemblait en rien à l'amitié virile qu'il partageait avec Grégoire. Des bières, des soirées foot et un paquet de pizzas surgelées... oh et à l'occasion, des blagues douteuses.

Laura tapota sa montre, tentant de paraître exaspérée.

— Je dois raccrocher, m'excusai-je presque.

— Du travail ?

— Laura s'impatiente, souris-je.

— Oh ! Donc, je passe après Laura ?

— Quand elle me rapporte du chinois, oui ! assenai-je, déclenchant un éclat de rire de la part de Yann.

— Mes parents m'ont élevé dans le mythe du gentleman. Tu sais les fleurs, les cadeaux coûteux. Mais tu m'offres désormais une nouvelle perspective sur mes techniques de séduction.

— Je ne suis pas certaine qu'apporter des nems au premier rendez-vous fonctionne avec n'importe quelle fille.

— Ça fonctionne avec toi !

— Parce que je ne suis pas n'importe quelle fille, ripostai-je.

— Je dois l'admettre. Tu ne devais pas raccrocher ?

Laura tapotait ses doigts en rythme sur mon bureau, m'observant tout en secouant la tête. Elle soupira et je ne pus m'empêcher de sourire. Je devais l'admettre, j'étais mauvaise à ça, mais Laura, comme Julie avant elle, avait dû s'y habituer. Généralement, quand Yann et moi quittions un endroit séparément, nos au revoir duraient. Nous trouvions toujours un sujet de conversation, même ridicule — surtout ridicule —, pour prolonger l'instant.

— A ce soir, lança Yann, m'aidant ainsi à mettre fin à notre conversation.

— A ce soir.

— Et mes amitiés à ton assistante ! s'écria Laura juste avant que je ne me décide à poser le combiné sur son socle. Vous vous voyez tous les jours et vous avez encore de quoi discuter ?

— C'est toi qui m'as demandé de l'appeler ! Merci pour le déjeuner.

— Je t'en prie. Tu peux rapporter à boire pour ce soir ? demanda-t-elle en enfilant son manteau.

— Comme d'habitude, répondis-je en me levant.

Mes douleurs réapparurent immédiatement. Je grimaçai un peu, mais raccompagnai Laura jusqu'à l'ascenseur. Elle m'étreignit furtivement, avant de me faire un petit signe de la main quand les portes de l'ascenseur se refermèrent sur elle. Je retournai à mon bureau, constatant que je pouvais désormais sourire sans avoir mal.

Chapitre 2

♪ *Come fly with me* ♫

— Ciseaux ! intimai-je à Grégoire.
— Ciseaux ! répéta-t-il en me les donnant.
— Plat ! demandai-je de nouveau en tendant la main.
— Plat !
— Papier sulfurisé !
— Papier quoi ?
— Sulfurisé !
— Emma, moi pas parler ta langue, répondit-il, très sérieux, en secouant la tête.

Je levai les yeux vers Julie, qui trouva soudainement un vrai intérêt à sa manucure. Je soupirai lourdement et reposai la première des boîtes de petits-fours surgelés que Grégoire avait achetées. J'avais salué cette belle initiative, sachant qu'à notre dernière soirée Pictionary, la faim nous tiraillant l'estomac, nous avions fini par attaquer les Krisprolls périmés depuis plusieurs semaines. Rituellement et une fois par mois, nos soirées Pictionary se déroulaient chez les parents de Laura. Leur salon —

aussi grand que mon appartement — était confortable et parfaitement insonorisé, élément clé au vu du volume de nos échanges.

— Est-ce que tu sais au moins comment fonctionne le four ? demandai-je à Grégoire.

— Est-ce que tu sais comment fonctionne une foreuse ? contra-t-il.

— Ne me demande rien ! s'exclama Julie quand elle réalisa que je la fixais. Je suis tout juste capable de mettre de l'eau à bouillir.

— Sortez de cette cuisine ! soupirai-je en désignant le salon face à moi. Je vais me débrouiller.

Grégoire et Julie fuirent immédiatement de la pièce, ravis d'être déchargés de la corvée de dîner. J'enfilai un tablier, avec le vague espoir de cuisiner quelque chose qui pourrait accompagner les petites bouchées industrielles achetées par Grégoire. Consciencieusement, j'ouvris un à un les placards de la cuisine ultramoderne des parents de Laura. Cuisiner ici était un vrai bonheur : tous les ustensiles possibles et imaginables se trouvaient à disposition. Et dire que Laura ne savait même pas cuisiner un œuf brouillé. C'était à désespérer. Je trouvai finalement le fameux papier sulfurisé et m'appliquai à dresser un plat de petits-fours pour les mettre à réchauffer.

Je lançai la radio et grimaçai en tombant, très vraisemblablement, sur une station programmée par Grégoire. Définitivement, le R & B n'était pas un style musical pour moi. Je scannai les stations, à la recherche d'une chanson plus adaptée à mes oreilles fragiles. De nouveau, Sinatra capta mon attention. « Come fly with me » résonna dans la cuisine et je chantonnai doucement, me perdant dans les souvenirs de Noël de mon enfance.

C'était la première fois en vingt-cinq ans que j'allais

passer Noël loin d'eux. Les larmes me montèrent spontanément aux yeux. Mon père, surtout, me manquait.

— Bonsoir, Emma, souffla une voix derrière moi.

Je ravalai la boule de chagrin qui commençait à se former et me tournai vers Yann. Aussitôt, il fronça les sourcils et déposa sa veste sur une des chaises près de lui, se baissant pour que son visage soit à hauteur du mien.

— Un problème ?

— Rien. Je deviens émotive quand il s'agit de Sinatra, expliquai-je en désignant la radio près de moi.

Yann loucha vers l'appareil et, l'instant suivant, me prit dans ses bras pour une étreinte chaleureuse. Enfin ce que je pris pour une étreinte chaleureuse. Suivant le rythme lancinant de la musique, Yann m'entraîna dans quelques pas de danse. Mon sourire revint instantanément, pendant que nous tournoyions lentement autour de l'îlot central. Dans une ultime pirouette, Yann prit ma main et me fit tourner autour de lui avant de me serrer dans ses bras avec une force incroyable, dissipant ce qui me tourmentait.

— Aussi mauvaise danseuse que dans mon souvenir ! s'esclaffa-t-il. Heureusement que tu sais cuisiner !

— Je me suis dit que c'était certainement plus utile en cas de guerre nucléaire !

— Entièrement d'accord. C'est ce que je me suis dit en devenant ton ami : que tu me serais forcément utile d'une manière ou d'une autre.

— Et tu oses dire que tes parents t'ont inculqué des manières ? me moquai-je en rassemblant des ingrédients sur le plan de travail.

— Je suis parvenu à te faire sourire. Ma mission est accomplie. Cela dit, il me semble que j'ai une photo de ton père à l'appartement. Je vais l'agrandir et on l'affichera sur une des chaises.

— Moque-toi ! râlai-je. Toi, tu vas voir ta mère la semaine prochaine !

— Elle vient juste faire son inspection annuelle.

J'étouffai un rire et baissai le son de la radio. L'inspection annuelle. La chose aurait pu être drôle si Yann le vivait avec humour. Mais après cinq années de ces fameuses visites, il craignait de finir par se fâcher avec sa mère. Elle était obsédée par l'idée de caser son fils et d'avoir des petits-enfants. Yann tentait d'éluder le sujet, notamment quand elle lui en parlait au téléphone, mais sa mère venait chaque année, un peu avant Noël, faire ses derniers achats dans les grands magasins. Elle en profitait alors pour cuisiner son fils et lui soutirer des informations sur sa vie amoureuse.

— Peut-être que si tu lui présentais quelqu'un, elle finirait par se calmer, suggérai-je en me hissant sur la pointe des pieds pour attraper un saladier.

— Lui présenter quelqu'un ? s'écria Yann en desserrant sa cravate. Bon sang, tu veux la mort de cette pauvre fille ?

Mon meilleur ami se plaça derrière moi et se saisit du saladier que je convoitais. Il le posa sur le plan de travail devant moi.

— Ta mère n'est pas si terrible, Yann.

— Elle l'est, crois-moi. La perspective de lui présenter quelqu'un m'empêche même d'aborder la moindre fille. Chaque fois qu'une fille me plaît, je me demande en premier si elle pourrait *lui* plaire.

— Chaque fois qu'une fille te plaît ? répétai-je en riant. Je ne savais pas que tu avais autant d'opportunités.

— Elles tombent comme des mouches, plaisanta-t-il, entre mes heures de boulot.

— Avant 7 heures et après 22 heures ?

— Exactement. Ce qui te donne donc une idée des fameuses « opportunités ». Au pire, il me reste toi !

— Au pire ? Tu veux dire en cas de guerre nucléaire, si j'étais la dernière femme sur Terre ?

— Je me ferai une raison. Et puis, voyons le côté pratique : tu connais ma mère et elle t'adore déjà. Tu as réussi à l'amadouer avec tes trucs de cuisinière. En parlant d'amadouer, j'ai ça pour toi !

Triomphalement, il leva un sachet devant lui. J'éclatai de rire en y voyant deux nems. Le sourire de Yann s'élargit pendant qu'intérieurement, je le félicitais presque d'être arrivé avant que je ne pleure. Yann m'avait fait retrouver ma bonne humeur.

— Ça va être un peu court pour nous cinq, commentai-je.

— C'était juste pour toi. J'ai bien compris que pour gagner des points et surpasser Laura, je devais donner de ma personne.

— Et éviter de me parler de guerre nucléaire !

— C'était une plaisanterie. Tu es très jolie et tu sais cuisiner. Dès qu'un homme aura compris que tu es corruptible avec des nems, tu quitteras le marché des opportunités. Et crois-moi, j'en serai le premier désolé.

Il me fixa intensément et, même au milieu de ses plaisanteries hasardeuses, je compris qu'il parlait sérieusement. Je me surpris à rougir, un peu stupéfaite par son aveu.

— Là, tu gagnes des points, souris-je, embarrassée.

— Je repasse devant Laura ?

— Tu as des années d'avance sur Laura, lui rappelai-je en me penchant pour préchauffer le four.

Je grimaçai de douleur, le souvenir de ma séance de sport avec Julie me revenant à la mémoire. Mon corps se remettrait-il un jour de cette séance de pure torture ?

— Comment te sens-tu ? demanda Yann, son regard me scrutant de la tête aux pieds.

— Je survis. Comment vont tes mains ? m'inquiétai-je en capturant sa main gauche dans les miennes.

— Ça va, ça va.

Je passai les doigts sur ses jointures, l'effleurant à peine pour m'assurer qu'il me disait bien la vérité. Yann avait toujours eu de belles mains. Plus jeune, il avait pratiqué assidûment le piano. La peau abîmée et écorchée cicatrisait. Je l'entendis souffler et libérai sa main pour retourner à la préparation de notre dîner.

— Des petits-fours ? s'étonna Yann en me voyant ouvrir une nouvelle boîte.

— Je crois que Grégoire a enfin compris que nous ne voulions pas mourir d'un ulcère.

— As-tu fait ces délicieuses madeleines salées de la dernière fois ? s'enquit Yann, ses yeux parcourant à une vitesse hallucinante toute la cuisine.

— Pourquoi ai-je l'impression d'être amie avec vous uniquement grâce à la nourriture ?

— Ce n'est pas une impression, Emma. Nous sommes définitivement amis avec toi depuis que tu as préparé à Grégoire un gâteau d'anniversaire.

— C'était un cake !

— Avec des bougies. Donc, un gâteau d'anniversaire. Tu sais que tu aurais pu être canonisée dans la foulée pour ça !

— Un cake est donc à l'origine de toute notre relation ? lui demandai-je, hilare.

— Un plat de spaghettis est à l'origine de la relation entre Grégoire et Laura. Ne sous-estime jamais le pouvoir de la nourriture !

J'éclatai de rire devant son ton si solennel.

— Alors, ces madeleines ? reprit-il.

— Je vais en préparer, abdiquai-je. Aide-moi d'abord à faire cuire les petits-fours.

Tournant le dos dans le salon, Yann m'aida à étaler les petits-fours sur les plats que j'avais recouverts de papier sulfurisé. Il me parla de sa journée et notamment d'un cas complexe dont il avait hérité. Cela me permit de revenir sur le sujet assistante.

— Ils ont juste envie de me faire croire que je suis important, commenta Yann. Je ne sais même pas comment travailler avec elle.

— Ils ont peur que tu partes ? demandai-je, curieuse.

— J'ai eu des propositions. Ils ont un bureau à Londres.

— Londres n'est qu'à trois heures d'ici !

— Londres est une des options. Avec Boston.

Je cessai de battre mes œufs, sous le choc. Yann coula un regard vers moi et je sus à cet instant à quoi il pensait. Il pesait le pour et le contre.

Le *gros* contre.

— Tu veux vraiment aller à Boston ? demandai-je incertaine. Pourquoi n'en as-tu pas parlé avant ?

Un curieux sentiment de panique s'empara de moi. Je n'avais jamais imaginé être loin de Yann, ni être loin du reste de la bande. S'il partait, cela changerait beaucoup de choses. Je frottai mes mains nerveusement contre mon tablier, cherchant de quoi m'occuper les mains. Yann à Boston. C'était impensable. Le sentiment d'abandon qui m'avait saisie dans le métro la veille resurgit, mâtiné d'une pointe de tristesse.

— Emma, je n'ai jamais envisagé de quitter Paris. Ils m'ont donné une assistante, parce que mes patrons craignent que je parte pour un autre cabinet. Ils m'ont d'abord proposé un poste à l'étranger et je l'ai refusé. Alors, ils m'ont collé une assistante.

— Donc… tu n'iras pas à Boston ?

— Ni Boston ni Londres. Mes prochaines vacances

sont à La Rochelle. Tu es la bienvenue ! Je commanderai des nems, précisa-t-il joyeusement.

— Yann, je suis sérieuse, murmurai-je.

— Je ne vais nulle part. Et tu serais la première à la savoir si je devais partir d'ici. La première.

Un silence gêné s'installa entre nous. C'était nouveau. Mon cœur frappait à une cadence anormale et j'avais cette sensation désagréable de vertige. Il finit sa rangée de petits-fours, avant de me faire sursauter en m'adressant un petit coup de coude dans les côtes.

— Avoue que tu as peur que je parte !

— Evidemment. Tu imagines le temps qu'il me faudrait pour retrouver un partenaire de Pictionary acceptable ? A l'occasion, j'en parlerai à tes patrons. Tu ne quitteras pas ce pays sans remplaçant, martelai-je.

Je glissai la plaque dans le four, refoulant un rire nerveux. Entendre Yann me dire qu'il serait désolé de me voir avec quelqu'un, puis imaginer son départ provoquait une sensation tourbillonnante très désagréable. Pour la première fois en plusieurs années d'amitié avec lui, je perdais mes repères.

— Le Pictionary. Evidemment, murmura-t-il. Pendant un bref instant, j'ai cru que c'était pour notre amitié hors du commun, pour mon sens de l'humour, voire même pour mon sex-appeal.

— Maintenant que j'y pense, ton incroyable modestie me manquerait certainement. Mais pas autant que ton appartement, ajoutai-je dans un rire. Mais on peut s'arranger, si tu veux me le louer.

Yann avait un sublime appartement sous les toits avec vue sur le jardin des Tuileries. C'était un deux pièces un peu étriqué, avec un parquet grinçant et un minuscule balcon dominant les arbres. La vue sur les toits y était spectaculaire et j'aurais tout donné pour vivre dans cet endroit, en lieu et place de mon appartement ultramoderne, avec vue sur le métro aérien. J'adorais son appartement, nous y avions passé des soirées mémorables, tous entassés sur le canapé. Si Yann partait, une partie de ces souvenirs disparaîtrait aussi.

— C'est un appartement du cabinet. On devrait se marier pour que tu puisses y vivre.

— Et voilà donc où mon argumentation rejoint celle de ta mère ! Tu peux me donner le fromage râpé qui est dans le réfrigérateur ?

— Tu fais erreur : ma mère veut des petits-enfants, ce qui suppose un minimum de vie commune, commenta-t-il en s'exécutant. Toi, tu cherches à récupérer mon appartement quand je serai à l'autre bout du monde.

— Ce qui aux yeux de beaucoup de gens ressemble au mariage idéal.

— Pas à mes yeux. Et me marier avec une femme vénale comme toi ne m'intéresse pas.

Il déposa le râpé devant moi. Je lui indiquai la bouteille de lait et il commença à en verser sur ma préparation.

— Sauf s'il en va de la survie de l'humanité après une guerre nucléaire, lui fis-je remarquer.

— Pas besoin d'être marié pour assurer la survie de l'humanité.

— Tu es… atroce parfois ! Je vais dire à ton assistante qu'elle se méfie. Je te connais, tu dois la charmer avec ton sourire… et tes nems !

— Cette histoire d'assistante te tourmente, j'ai l'impression.

— En une journée, j'apprends qu'on t'a proposé un poste ailleurs et que tu as une assistante. D'habitude, tu m'appelles pour me prévenir que tu as fini les mots fléchés du journal !

— Tu t'inquiètes pour rien. Cette histoire d'assistante ne veut rien dire. Ce n'est pas ça qui me retiendra ici.

Il m'adressa un sourire rassurant et le silence qui s'installa entre nous fut troublé par l'alarme du four. Je versai ma préparation dans les moules à madeleines, récoltant une moue approbatrice de la part de Yann.

— De toute façon, je ne me vois pas vivre dans une ville où je ne connaîtrais personne. Cela me déprimerait.

— On finit par s'adapter, fit une voix inconnue derrière nous.

Yann et moi nous tournâmes aussitôt. Un homme souriant, aux cheveux tirant sur le blond, coupés assez court, contourna l'îlot central de la cuisine et me tendit la main.

— Tu dois être Emma, dit-il.

— C'est Thomas, expliqua Yann, un collègue de bureau.

— Oh ! Enchantée ! Emma, en effet, confirmai-je avec un sourire, tout en tendant la main vers lui.

— Je comprends maintenant pourquoi il préfère la compagnie de la cuisine à celle du salon. Ravi de faire connaissance avec la fameuse Emma.

— Fameuse ? répétai-je en coulant un regard vers Yann.

— Thomas a dû attendre que notre conversation téléphonique de ce midi se termine pour qu'on puisse aller déjeuner.

— Chacun ses priorités : moi, mon estomac et toi, ta petite amie, déclara Thomas.

Mue d'un automatisme étrange, je me détachai de Yann, laissant un espace entre lui et moi. Mais même à distance, je sentis une forme de crispation désagréable entre nous deux.

— Je… je ne suis pas sa petite amie, corrigeai-je, mal à l'aise.

— Emma et moi sommes amis et nous étions en train de préparer le dîner.

— Oh… j'ai cru que… enfin… Et puis il y a cette photo sur ton bureau.

Je lançai un nouveau regard vers Yann. Une photo ? Je n'avais pas eu l'occasion d'aller voir Yann à son bureau depuis plusieurs semaines. Mais même en cherchant dans mes souvenirs, je n'y trouvais aucune trace d'une photo.

— Mon anniversaire en septembre, expliqua Yann. Le serveur a pris une photo quand nous étions tous au restaurant.

— Elle trône en bonne place sur son bureau, renchérit Thomas. Mes conclusions étaient trop hâtives, de toute évidence.

— C'est le problème des fiscalistes, sourit Yann. Thomas vient de débarquer à Paris. Il a intégré le service fiscalité, ajouta-t-il à mon intention.

— Ne te voyant pas revenir dans le salon, Grégoire m'a conseillé d'aller vous rejoindre. A priori, vos discussions interminables représentent un sujet sensible.

J'éclatai de rire, suivi par Yann, qui acquiesça. Thomas nous regardait alternativement, perdu. Il fronça les sourcils et, petit à petit, nos rires s'estompèrent.

— J'ai proposé à Thomas de passer la soirée avec nous.

— Je crois que Yann a pitié de ma vie sociale. Je ne l'ai pas lâché de la journée. Je me demandais si je pouvais vous aider ?

— Evidemment. Regarde s'il y a encore quelque chose dans le réfrigérateur, proposai-je en désignant l'appareil sur ma gauche.

Yann se tourna, vérifiant la cuisson des madeleines

dans le four. Je déposai les nems dans une assiette. Mon meilleur ami me lança un regard en biais, retenant un sourire, pendant que je prenais une mine extatique.

— Rien que pour toi, me rappela-t-il dans un chuchotis.

— Il reste des œufs, des pommes de terre et un poivron, je peux vous faire une tortilla, proposa Thomas.

Yann se tourna vers lui, éberlué. On lui aurait annoncé la présence d'un alien dans le réfrigérateur qu'il n'aurait pas été plus épaté. Thomas se redressa et de nouveau, pommes de terre et poivron à la main, il sembla perdu. C'était le problème quand vous débarquiez dans un groupe déjà formé : vous faire aux us et coutumes de l'ensemble, s'intégrer dans un microcosme qui se connaît par cœur et anticipe la moindre de vos réactions. C'était déroutant pour lui, confortable pour nous.

— Est-ce qu'il y a un sujet sensible aussi sur la tortilla ? demanda-t-il, incertain, pendant que j'étouffais un rire tonitruant.

— Tu sais cuisiner ? demanda Yann à mi-chemin entre suspicion et admiration.

— Ma mère tenait à ce que je devienne très vite autonome !

— Tu es mon héros, m'écriai-je en me précipitant vers lui pour l'éteindre avec ferveur.

— Je crois que ma mère savait aussi que ça épaterait les filles.

— Tu fais quelque chose pour Noël ?

— Hormis reprendre tout un tas de dossiers terriblement palpitants ? Rien.

— Eh bien, maintenant, tu fais quelque chose ! Bienvenue parmi nous !

Dans un geste spontané, je l'étreignis, ses mains toujours encombrées par les ingrédients.

— Eh bien, pour être honnête, je crois que j'adore déjà, s'exclama-t-il en me serrant péniblement contre lui.

Il s'écarta de moi et visa l'îlot central et la plaque de cuisson. Il poussa un sifflement d'admiration.

— Maintenant, je suis certain d'adorer ça. Est-ce qu'il y aura un rite de passage ou un bizutage ?

— Oui !

— Non !

Nos réponses à Yann et à moi fusèrent au même moment. Le regard noisette de Thomas passa de mon meilleur ami à moi.

— Voilà pourquoi vos conversations sont interminables, sourit-il.

— Il n'y a pas de rite de passage, assurai-je.

— Bien sûr qu'il y en a un ! Le Pictionary !

— Ah oui. Tu as raison. Yann et moi sommes partenaires de Pictionary depuis des années. Mais je dois lui trouver un remplaçant

— Et ça ne concerne que le Pictionary ? s'enquit-il dans un rire.

— Je ne suis pas encore parti, râla Yann à mes côtés.

— Je croyais que tu ne voulais pas partir ! m'esclaffai-je. Que mes madeleines te retenaient ici !

— Je vais peut-être changer d'avis.

Soudainement, le ton de plaisanterie avait disparu. Yann retourna à la surveillance du four et Thomas haussa les épaules d'incompréhension. Puis il déboutonna le haut de sa chemise, en releva les manches et se libéra de sa cravate. L'instant suivant, s'installant autour de l'îlot central, Il battait avec vigueur une dizaine d'œufs, tout en me parlant d'un de ses souvenirs d'enfance avec sa mère.

— Donc, c'est elle qui t'a appris à cuisiner ?

— Elle et mes sœurs. J'en ai quatre, toutes plus âgées.

— Je t'envie. Je suis fille unique et parfois j'aimerais avoir un de ces grands repas familiaux. Ça doit être très sympa !

— Je te présente mes sœurs, et on en reparle ensuite. Elles sont très… envahissantes.

— Un peu comme la mère de Yann ? lançai-je.

Yann nous tournait toujours le dos, assurant un contrôle assidu de la cuisson des madeleines. J'espérai qu'il rebondisse sur la conversation pour dissiper l'impression mitigée de notre dernier échange. Mais il resta muet, m'adressant juste un regard agacé.

Mais qu'est-ce qui lui prend ?

— Donc… Tu es plutôt cuisine méditerranéenne alors ? repris-je avec Thomas.

— J'ai une nette préférence pour la cuisine asiatique.

— Vraiment ? Moi aussi ! On pourrait peut-être se faire un dîner ? Je connais un excellent restaurant jap…

— Je crois que c'est prêt ! s'exclama Yann.

Je le rejoignis, vérifiant effectivement la cuisson, avant de sortir la plaque du four.

— Est-ce que tout va bien ? m'enquis-je, hésitante.

— Ça va bien mieux maintenant que ces petites merveilles sont prêtes, s'amusa-t-il.

— Ce sont les madeleines qui t'intéressent.

— Pas que les madeleines. Tu as de la farine, juste là.

Il passa son pouce sur ma joue, en effaçant la trace. Son regard s'égara dans le mien et il m'offrit finalement un de ses véritables sourires, éblouissant et heureux. La sensation de malaise se dissipa et je retrouvai le Yann que je connaissais depuis toujours… ou presque. Son pouce passa furtivement sur le coin de ma bouche, effaçant la dernière trace de farine. Ses yeux verts toujours dans les miens, il se pencha sur moi, sa bouche à proximité de mon oreille.

— Voilà ce qui me retient ici, chuchota-t-il.

Quand il s'écarta, ses yeux flamboyaient de cette lueur inédite et mon estomac pirouetta sur lui-même, avant de se ficher dans mes talons. Il reporta son attention sur les madeleines, s'extasiant sur leur parfum. Pendant un court instant, je me demandai si je n'avais pas mal interprété sa remarque.

— Elles sont parfaites ! s'exclama-t-il.

— Merci. On devrait ouvrir le vin. Thomas a apporté un bordeaux.

— Production familiale.

— Oublie le Pictionary, tu es définitivement des nôtres, assurai-je.

— Prétentieux, ironisa Yann derrière moi.

— Dieu que cette cuisine est peuplée ! s'exclama Laura en entrant dans la pièce.

Yann alla la saluer et en profita pour récupérer la bouteille de vin qu'elle avait dans les mains. Il présenta Thomas à Laura.

— Il sait cuisiner, précisai-je avec admiration.

— Oh… Génial, tu fais quoi pour Noël ? demanda-t-elle immédiatement.

— Bien, visiblement, il y a un sujet Noël, dit-il en me jetant un regard.

— Pas vraiment, cela dit, il y a un sujet « chalumeau », corrigea Yann.

— Je fais avec les outils que je maîtrise ! gronda la voix de Grégoire, entrant à son tour dans la cuisine.

Il entoura la taille de Laura de ses mains et plaqua un baiser sur sa joue. Julie apparut derrière lui, passa à ses côtés et s'assit directement sur l'îlot central, armée d'un magazine de mode. Thomas épluchait les pommes de terre, tout en observant les personnes autour de lui.

— J'ai plutôt eu la sensation que c'était le chalumeau qui te maîtrisait ? répliqua Julie dans un rire.

— Et Thomas a rapporté du vin de la propriété familiale, renchéris-je.

— Parfois, je me demande ce que je fais avec Grégoire, soupira Laura.

— J'ai refait ta salle de bains, lui rappela-t-il. Deux fois !

— C'est un argument qui se défend, dit Yann.

— Contre des vignes et un talent pour la cuisine ? ripostai-je.

— Deux mots : « nems » et « Pictionary » ! contra-t-il à son tour.

— Tu devrais faire pipi autour d'Emma pour marquer ton territoire, proposa Julie sans relever les yeux de son magazine.

— Il est fiscaliste ! s'écria Yann, faussement exaspéré.

— Je préfère dire que je suis avocat, corrigea Thomas en riant.

— Nettement plus vendeur, approuva Laura.

— Les filles ont ce code entre elles, Yann, reprit Grégoire. Elles trouveront toujours une bonne raison de te contredire, par principe.

— Mais il est fiscaliste, répéta-t-il. Et il est blond !

— Tu ne devais pas ouvrir cette bouteille ? lui rappelai-je.

Yann bougonna, avant de déboucher méticuleusement la bouteille. Laura s'écarta de Grégoire et disposa des verres sur le plan de travail. Yann remplit son verre, s'offrant le ridicule cérémonial de le goûter.

— Un peu jeune, commenta-t-il en claquant sa langue contre son palais.

Il servit tout le monde, finissant par mon verre. Alors

que nous trinquions, Laura et Grégoire engageant une conversation animée avec Thomas, Yann se plaça derrière moi. Son parfum à base de vétiver flotta autour de nous. Son torse collé à mon dos, il joua avec une mèche de mes cheveux avant de les repousser doucement.

— C'est demain ta journée cadeaux, n'est-ce pas ?

— Tu as une excellente mémoire !

— Ça t'ennuie si je t'accompagne ? J'ai encore quelques achats à faire et je me disais qu'on pourrait les faire ensemble.

— Bien sûr. Tu passes me chercher ?

— J'allais te proposer de passer à mon bureau. Disons pour le déjeuner. Un nouveau japonais vient d'ouvrir juste à côté du cabinet.

— Yann, tu détestes le japonais, souris-je en pivotant pour lui faire face.

— J'ai juste envie qu'on passe un moment ensemble. J'aimerais te parler de quelque chose. En tête à tête, précisa-t-il en saisissant mon regard perplexe.

Son air sérieux acheva de me convaincre. Yann n'avait jamais été le genre d'homme qui se confiait. Il réfléchissait, pesait le pour et le contre et, la plupart du temps, même quand il me demandait mon avis, sa décision était déjà prise.

— Midi à ton bureau. Je m'annoncerai auprès de ton assistante.

— Elle est en congé demain.

Il porta son verre à ses lèvres, son regard rivé au mien. J'y décelai une pointe d'amusement et me surpris à rougir de nouveau. Vraiment étrange ce début de soirée.

— C'est nouveau ? s'enquit-il. Ton pendentif.

— Je l'avais repéré dans la boutique de Julie. Je me

suis fait moi-même ce cadeau, en échange d'une ristourne monstrueuse, m'esclaffai-je.

Yann le prit entre ses doigts, sa peau effleurant doucement la mienne. Le minuscule diamant scintilla entre son pouce et son index, avant qu'il ne le libère.

— Très joli. Pour ce soir, on fait toujours équipe ? demanda-t-il dans un murmure.

— Pourquoi ne ferions-nous pas équipe ?

— A cause du fiscaliste.

— Ton ancienneté anéantit les vignes. Et les nems compensent ton absence de talent en cuisine.

— Sauvé par des nems !

— En revanche, je vais devoir mettre la barre plus haut, histoire de te stimuler. Donc, qu'ai-je à gagner à te garder comme partenaire ?

Il prit un instant de réflexion, avant d'arborer cet air triomphant que j'adorais détester chez lui.

— Ma voiture est sortie du garage.

Je me tournai vers lui, sentant mes joues prendre une coloration un peu trop rouge. Yann, prenant conscience de ce qu'il venait de sous-entendre, écarquilla les yeux.

— Je voulais proposer de te raccompagner, corrigea-t-il.

— Je… Oui, bien sûr. C'est d'accord, murmurai-je en pivotant de nouveau pour faire face au reste du groupe.

Thomas réclama une poêle et lança aussitôt la cuisson des pommes de terre sur la plaque de cuisson de l'îlot. Une odeur alléchante se répandit dans la cuisine. Julie lança un regard circonspect à sa préparation, avant de se saisir d'une rondelle de pomme de terre et de la fourrer dans sa bouche. Elle poussa un gémissement de plaisir, avant de proposer son aide à Thomas. J'observai la scène avec amusement.

Julie aurait-elle enfin trouvé son Saint-Graal ?

— Est-ce que je peux demander ce que tu associes à ma voiture ? m'interrogea Yann dans un nouveau murmure.

— Tu le sais, répondis-je sur le même ton en tentant de me concentrer sur la conversation animée près de nous.

— Est-ce que j'ai le droit d'être content ?

— Qu'associes-tu au juste à *ta* voiture ? demandai-je à mon tour en me retournant pour lui faire face.

— A ma voiture ? Pas grand-chose, admit-il. En revanche, à toi, un certain nombre de choses.

De nouveau, je me sentis rougir pendant qu'un sourire timide flottait sur les lèvres de Yann. Derrière moi, le rire de Julie et des bribes de conversation me parvinrent, mais je n'y trouvais aucun intérêt. Le regard perçant de Yann me fixait et je ne parvenais pas à m'en détacher.

— Je vais faire comme si tu n'étais pas en train de devenir bizarre. Que t'arrive-t-il ?

— Bizarre ? Je te propose de te raccompagner en voiture, où est la bizarrerie ?

— Puisque tu poses la question : elle est devant moi avec un verre à la main et un sourire crétin aux lèvres.

— Tu aimes mon sourire crétin, contra-t-il. Est-ce vraiment bizarre de vouloir transformer quelque chose de… routinier en un événement extraordinaire ?

— Explique-moi comment tu comptes rendre ça extraordinaire ?

— Je ne sais pas… Une tortilla ? tenta-t-il. Ou une bouteille de vin ?

J'éclatai de rire, comprenant maintenant qu'il agissait seulement pour regagner des points contre Thomas. Ce dernier, remuant les rondelles de pommes de terre, prenait ses aises avec chacun, riant même des mauvaises blagues de Grégoire.

— Est-ce que tu te sens menacé ? m'enquis-je entre deux éclats de rire.

— Tu l'as appelé ton héros !

— Tu es aussi le mien. Tu es là quand j'ai besoin de toi et pas que pour la cuisine, ajoutai-je pour le rassurer.

— Tes yeux ont brillé quand il a dit « tortilla », dit-il à voix basse.

— Yann, aucune fille au monde ne se laisserait séduire par le mot « tortilla ». En revanche, être propriétaire de vignes est un argument recevable.

— Aux yeux de la loi, ce sont ses parents les propriétaires, rectifia-t-il.

— Et à mes yeux, tu es simplement... jaloux. Depuis combien de temps au juste n'as-tu pas eu de rendez-vous ?

— Rendez quoi ?

— Rendez-vous ! Tu sais, ce truc socialisant entre un homme et une femme qui aboutit normalement sur le capot de ta voiture.

— J'ai un truc socialisant avec toi en ce moment même.

— Ça ne compte pas ! Alors, combien de temps ? demandai-je de nouveau.

La vie sentimentale de Yann n'était pas vraiment agitée. Episodiquement, il nous parlait d'une fille rencontrée ou d'un dîner programmé, mais jamais nous n'avions eu la chance d'être présentés. Peut-être parce que *nous* présenter quelqu'un, comme l'avait si bien dit Grégoire au début de sa relation avec Laura, rendait la chose officielle et importante.

— Le capot n'est pas vraiment de saison ! éluda-t-il finalement.

— Emma, tu peux me donner une assiette ? me demanda Thomas, interrompant finalement notre conversation.

— Oui, bien sûr.

Thomas retourna l'omelette dans la poêle et l'assaisonna. Grégoire siffla d'admiration pendant que Julie demandait à Thomas s'il cuisinait régulièrement. Yann avait raison, songeai-je, en voyant Thomas sourire et discuter comme s'il nous connaissait depuis des lustres : ne jamais sous-estimer le pouvoir de la nourriture.

— Thomas, j'espère que tu réalises que tu es condamné désormais à intégrer notre groupe, le prévint Yann.

— Je pense qu'il y a pire comme condamnation. En plus, il y a des jolies filles.

Le regard de Thomas s'arrêta sur moi furtivement, provoquant chez moi une réaction inhabituelle, proche de l'apnée. J'eus toutes les difficultés du monde à avaler une chips que j'avais piochée dans le saladier. Mon malaise s'estompa seulement quand il observa à son tour Julie, avec un regard nettement plus conquérant.

— « Il y a des jolies filles », répéta Yann à voix basse, se moquant de Thomas.

— Ça fait toujours plaisir à entendre, commentai-je avant de vider mon verre.

— Tu es tellement midinette, railla-t-il.

— Parce que j'aime qu'on me complimente ?

— Parce que tu t'extasies sur le terme « jolie » alors que c'est très loin de ce que je vois en ce moment face à moi.

— Toujours est-il qu'il a dégainé en premier.

— Tu es ravissante, lança-t-il avec un sourire.

— Yann, c'est…

— Aussi ravissante que le jour où nous avons déjeuné ensemble et où tu portais cette même robe. Tu avais ton gilet en laine grise et tu m'as parlé du cadeau d'anniversaire que tu voulais faire à ton père. Et tu étais vraiment ravissante, répéta-t-il pendant que mes joues flambaient. C'est vrai, j'aurais dû te le dire ce jour-là.

Il ne me laissa pas le temps de répondre et passa à mes côtés pour se resservir du vin. Je restai figée, tétanisée par ce qu'il venait de me dire. L'anniversaire de mon père remontait à plus de six mois. Comment faisait-il pour se souvenir de ça ? Un peu tremblante, j'entendis à peine la voix de Grégoire indiquant que nous commencions la partie.

— Tu viens ? m'interpella Julie alors que j'étais toujours pétrifiée.

— J'arrive.

Après avoir disposé mes madeleines encore tièdes sur une assiette, je les rejoignis finalement dans le salon, m'installant aux côtés de Yann. Julie servit la tortilla pendant que Grégoire remplissait nos verres.

— Ça va ? s'inquiéta Yann.

— Oui, je… Tu me trouves ravissante ? lui demandai-je, pour m'assurer que je n'avais pas halluciné.

— Je pensais que tu le savais.

— Pourquoi tu me dis ça maintenant ?

— Je te l'ai dit, je cherche à rendre notre routine un petit peu plus… extraordinaire.

Comme il l'avait fait une centaine de fois depuis que nous nous connaissions, Yann enroula son bras autour de mes hanches et embrassa furtivement ma tempe. La sensation de malaise que j'avais ressentie quand Thomas m'avait fixée me paraissait confortable en comparaison de ce que je vivais actuellement. La proximité de Yann, à laquelle j'étais habituée depuis des années, me gênait. J'aimais notre routine, j'aimais notre mode de fonctionnement, parce qu'il était rassurant et facile.

Mais maintenant, ce simple geste, son corps contre le mien, associé à nos échanges dans la cuisine me semblait dérangeant et bien loin de notre relation habituelle.

— Venez voir papa, sourit-il quand je lui tendis l'assiette de madeleines.

Il s'extasia en croquant un morceau, avant de m'embrasser de nouveau sur la tempe. Je me tendis, effrayée par ce débordement d'affection. S'il le remarqua, il ne fit aucune réflexion. Retirant son bras, il me resservit du vin, pendant que Laura installait l'immense paper board qu'elle avait soutiré à son bureau pour notre partie.

— Equipes habituelles ? demanda Grégoire.

— Thomas peut faire équipe avec Julie, proposa Yann. Ça fera trois groupes.

Et sa main repassa dans mon dos, s'installant dans le creux de ma hanche, avant de m'attirer contre lui.

Comme d'habitude. Ou presque.

— Le perdant invite les quatre autres à dîner, indiqua Laura à Thomas.

— La nourriture est un sujet sensible, donc, se moqua-t-il. Julie, t'es prête à te faire offrir un super-dîner ?

Ils se frappèrent dans la main, curieusement synchrones, avant de s'installer face à nous.

Une heure après le début de la partie, Yann et moi étions bons derniers. D'habitude, je parvenais à déchiffrer ses gribouillis en dix secondes, mais là, rien ne me venait. Je cogitais sur le comportement de Yann, j'étais perturbée par sa main immobile et chaude sur moi, cette partie me semblait interminable.

— Un oiseau ? Une mouette ? Un hibou ? Euh… un… un avion ! m'écriai-je, en bondissant du canapé.

Yann faisait non de la tête, tentant d'améliorer son dessin sans y parvenir. Je plissai les paupières, cherchant à découvrir ce que Yann devait me faire deviner.

— Un aigle ? Un vautour ? Une… une éolienne !

— Emma, je te rappelle qu'on recherche un titre de film, dit Laura.

— Le temps est écoulé ! hurla Grégoire. Et je crois, ma chérie, que si nos comptes sont justes, nous avons gagné !

Grégoire se leva de son fauteuil et tira Laura de l'accoudoir où elle était assise. La renversant façon tango endiablé, il posa ses lèvres sur les siennes et lui offrit un écœurant baiser. Je grimaçai, soupirant d'avoir perdu notre titre — que nous remettions en jeu chaque mois — et dégoûtée par la démonstration d'affection de Grégoire et de Laura.

— C'était quoi ton truc ? demandai-je à Yann en regardant de nouveau le paper board devant nous.

— « Y a-t-il un pilote dans l'avion ? »

— Oh…

Oui, maintenant, ça me paraissait évident. L'avion, les ailes, les nuages… Je jetai un coup d'œil à ma montre, constatant l'heure tardive.

— Bon, alors, vous nous invitez où ? nous demanda Julie, les yeux pétillants.

— Au fast-food ? proposai-je à Yann. Franchement, ils ne méritent pas mieux.

— Les termes de l'accord sont clairs : les perdants invitent au restaurant les autres équipes ! nous rappela Grégoire.

— Uniquement si vous réussissez à ne pas vous embrasser de toute la soirée, les menaça Yann.

— D'accord, si Emma et toi apprenez à finir vos conversations sans intervention extérieure, riposta Laura.

— Je ne peux pas promettre ça, soufflai-je, mortifiée.

— Bien. Donc restaurant et je tripote Grégoire autant que je veux.

— Je pense qu'on peut se passer des détails, lança Thomas.

— Dimanche soir ? suggéra Julie en sortant son calepin.

Je consultai Yann du regard, et il hocha doucement la tête. Je confirmai la date retenue pour notre dîner de perdants, promettant de trouver un restaurant convenable. Laura débarrassa la table basse, suivie par Thomas, pendant que j'allais dans l'entrée de son appartement pour récupérer mon manteau.

— Désolée, je n'ai pas été très performante, m'excusai-je auprès de Yann.

— Je n'ai pas été très bon non plus. Est-ce que je peux tout de même te raccompagner ?

— Tu n'oserais pas me faire rentrer en métro après ce désastre ?

— Il y a tout un tas de choses que je n'oserais pas avec toi, Emma. C'est mon côté chevaleresque. Ça m'arrive parfois. Je complimente une fille, je lui offre des nems, je la raccompagne chez elle et ensuite…

— Et ensuite, elle rentre tranquillement se coucher dans son pyjama en flanelle, le coupai-je pour éviter un nouveau débordement.

— Tu as un pyjama en flanelle ?

— Les nuits sont fraîches, me justifiai-je.

— Emma, depuis quand n'as-tu pas eu un rendez-vous ? s'enquit-il en croisant les bras sur sa poitrine.

— Un rendez quoi ?

Yann éclata de rire en réentendant ses propres mots. Thomas et Julie nous rejoignirent, discutant abondamment d'un film qu'ils voulaient voir au cinéma tous les deux.

— Tu rentres comment ? demanda Yann à Thomas.

— Je vais prendre un taxi, que je partage avec la ravissante demoiselle qui est là.

Je levai un sourcil vers Julie. A priori, elle était devenue la seule représentante de la tribu des ravissantes. Je serrai mon écharpe autour de mon cou, pendant que Julie glissait un bonnet sur ses oreilles.

— Voilà le genre d'équipement dont je vais avoir besoin, commenta Thomas en l'observant.

— Ça et un pyjama en flanelle, compléta Yann.

— Ce truc qui gratte ? Ne me dis pas…

— Oh non, pas moi, mais je connais moi aussi une ravissante demoiselle, expliqua-t-il en me désignant de l'index, qui en a un.

— Merci, Yann. En deux secondes, tu viens de ruiner tout mon potentiel séduction.

— Rassure-toi, Emma, ton capital est intact, m'assura Thomas. Même en pyjama de flanelle, il faudrait être idiot pour ne pas te remarquer.

Grégoire et Laura nous saluèrent et nous quittâmes leur appartement. Thomas parvint à héler un taxi et Julie et lui nous laissèrent peu après. Yann m'offrit son bras, que j'acceptai avec joie, et me mena en direction de sa rutilante voiture. Le trajet se passa dans un silence relatif, à peine troublé par le fond sonore de la radio. La circulation était fluide et nous parvînmes à mon appartement rapidement.

— On se voit demain alors ?

— Je compte les heures, sourit-il.

— Jusqu'à ta prochaine intoxication alimentaire ?

— Tu te rends compte des sacrifices que je fais pour toi ?

— Tu es héroïque. Comme toujours à mes yeux.

Maladroitement, il m'attira dans ses bras et m'étreignit contre lui. Après toutes les émotions bizarres et inhabituelles de notre soirée, cette étreinte me parut enfin… normale. Il déposa un baiser sur ma joue, avant de murmurer à mon oreille :

— Voilà ce qui me retient ici.

Je m'écartai de lui, espérant une explication, mais Yann se contenta de me sourire.

— Bonne nuit, Emma. A demain.

Un peu hébétée, je sortis de la voiture et lui adressai un vague signe de la main alors qu'il s'éloignait.

Mais qu'est-ce qui lui prend ?

Chapitre 3

♪ *From this moment on* ♫

Quand je sortis du métro pour rejoindre le bureau de Yann, je constatai que la neige tombait de nouveau sur Paris. Je poussai un profond soupir, espérant ne pas glisser sur le trottoir.

Yann travaillait dans un immeuble haussmannien, niché dans une rue étroite, adjacente à l'avenue de l'Opéra. Calant mon bonnet sur la tête, je remontai l'artère prudemment, avant de bifurquer. Si les trottoirs des grands axes avaient été déneigés, les autres étaient encore couverts de neige fraîche et de verglas. Je ralentis encore plus le rythme, fixant mon regard sur mes pieds.

Quand je parvins enfin à son immeuble, je m'engouffrai dans le hall et me frictionnai les bras pour me réchauffer. Je m'annonçai auprès de l'hôtesse et m'installai dans un des confortables fauteuils de la salle d'attente, feuilletant distraitement un magazine économique. Un bâillement m'échappa, conséquence d'une nuit trop courte, passée à décortiquer le comportement étrange de Yann avec moi. Cet après-midi, j'espérai que tout rentre dans l'ordre.

— Tu cherches à faire fructifier ta retraite ?

La voix de Thomas me sortit de mes pensées. Je me levai tandis qu'il me rejoignait et il déposa une bise sur ma joue.

— J'attends Yann. On doit passer le reste de la journée ensemble.

— Il m'a parlé d'une histoire de cadeau pour ses parents, en effet. Je t'accompagne à son bureau ? proposa-t-il.

— Je ne veux pas te déranger. Yann sait que je suis ici.

— Me déranger ? Tu es une excellente excuse pour sortir le nez de mes dossiers ! Par ailleurs, je crois qu'il est encore en réunion et tu seras bien mieux installée là-haut qu'ici.

Avec un grand sourire qui révélait ses fossettes, il m'offrit son bras et me guida en direction de l'ascenseur. Nous entrâmes dans la cabine, une musique d'ambiance flottant entre nous.

— Encore merci pour hier soir. Pour l'accueil et pour la soirée, c'était très sympa.

— Je pense que c'est plutôt à moi de te remercier : grâce à toi, je ne serai plus jamais seule en cuisine !

— J'en suis ravi. Désolé encore pour ma gaffe : je pensais vraiment que Yann et toi étiez… ensemble.

— Non, nous sommes justes de très bons amis et depuis longtemps.

— Vous semblez très proches. Pour être tout à fait honnête, j'ai cru que j'empiétais sur les plates-bandes de Yann !

En une seconde, mon visage se réchauffa et je sentis mes joues brûler. L'ascenseur arriva à destination et j'en sortis aussitôt, manquant presque de trébucher. Thomas me rattrapa, me prenant par le coude.

— Ça va ?

— Oui. Je ne regardais pas.

Il me mena en direction du bureau de Yann, remontant un long couloir silencieux. Après le froid de l'extérieur, j'avais presque trop chaud. J'ouvris mon manteau et retirai mon écharpe. Nous parvînmes finalement au bureau de Yann, où Thomas me tira une chaise.

— Est-ce que j'ai fait une nouvelle gaffe ? s'enquit Thomas avec hésitation.

— Absolument pas.

— La réunion de Yann doit être sur le point de se finir.

— Je vais l'attendre. Merci de m'avoir accompagnée.

— Quand tu veux ! Et il faut qu'on reparle de ce restaurant japonais !

Il quitta la pièce et j'en profitai pour déambuler dans le bureau. Son stylo, son écharpe duveteuse accrochée au portemanteau, une ribambelle de notes couvertes de son écriture nerveuse : il n'y avait pas un élément de cette pièce qui ne me tira pas un sourire. La fameuse photo de son anniversaire trônait sur son bureau, près de sa lampe de travail. Nous avions dîné dans un restaurant italien, nous partageant, comme depuis toujours, nos pizzas respectives.

Dans un recoin de mur, visible seulement de lui, des anciennes cartes d'anniversaire qui me rappelèrent une flopée de souvenirs heureux. Tous les ans, nous mettions un point d'honneur à trouver la carte la plus kitsch possible pour se l'offrir.

Une boule à neige représentant la tour Eiffel reposait près du clavier de son ordinateur. Je m'en saisis et jouais avec, me souvenant avec un immense sourire de notre ridicule épopée effectuée deux ans auparavant pour grimper au sommet. Il faisait un froid terrible, qui nous avait glacés jusqu'aux os. Yann m'avait donné son bonnet et m'avait frictionnée pendant de longues minutes pendant que nous admirions la vue de Paris devant nous.

— Un jour, on y retournera quand il fera beau ! me surprit Yann.

— Ça ne remplacera jamais les bons souvenirs de notre première visite.

— Il faisait froid, Emma. Encore plus froid qu'aujourd'hui.

— Mais la vue était superbe ! Je ne me souvenais plus que tu avais acheté ça !

— C'est un trophée de guerre, précisa-t-il en déposant lourdement une pile de dossiers sur son bureau.

Il le contourna et me prit dans ses bras pour une étreinte fugace, avant de déposer un baiser sur mon front.

— Si j'avais su que tu explorerais mon bureau, je l'aurais rangé ! Qu'as-tu trouvé de compromettant ?

— Rien que d'excellents souvenirs. Je ne savais pas que tu gardais autant de choses ici.

— Je passe ma vie ici, Emma, j'ai besoin de m'y sentir bien.

Il prit mes mains dans les siennes, capturant la boule à neige que j'avais gardée. Il la secoua, souriant largement, avant de la reposer sur son bureau.

— Cette boule à neige me fait penser à toi. A toi et à cette journée mémorable et cela suffit à me rendre le sourire. La plupart du temps, *tu* suffis à me rendre le sourire.

— Tu deviens émotif à l'approche de Noël, ironisai-je pour cacher mon embarras.

Yann plongea son regard émeraude dans le mien et à mon embarras se disputa la panique. Je retrouvai son regard de la veille, celui qui me scrutait avec intensité.

Mon cœur s'emballa et l'air se raréfia. Un bref instant, son regard quitta le mien, se braquant sur mes lèvres, avant de revenir sur mes yeux. La gorge sèche, je reculai, cherchant à échapper à ce brutal changement d'atmosphère. Les mains moites, je me cramponnai au bureau derrière moi, pendant que Yann effleurait ma joue du bout des doigts, longeant la ligne de ma mâchoire.

— Il ne s'agit pas de Noël, il s'agit de toi, chuchota-t-il.

Son regard empli de sincérité me bouleversa. Avec Yann, nous avions toujours eu des gestes d'affection — une étreinte chaleureuse, un bras protecteur autour de la taille —, mais ces doigts courant sur ma peau n'avaient rien à voir. C'était intime, doux et tétanisant.

Je posai les paumes sur son torse et redressai la tête. Il s'écarta et, dans la seconde, l'ambiance changea. Le crépitement presque électrique disparut et son regard s'égara sur un de ses dossiers. Je me raclai la gorge et contournai le bureau.

— Thomas m'a accompagnée ici, lançai-je, en espérant démarrer une conversation normale.

— Je crois que tu lui plais, dit-il avec une pointe d'agacement.

— Il est simplement prévenant.

— Il te drague !

Je m'assis dans un des fauteuils, rapidement imitée par Yann. Il rangea ses dossiers, évitant sciemment mon regard.

— Il ne m'a pas offert de nems, plaisantai-je.

— Pas encore.

— Tu crois qu'il finira par le faire ?

— Je crois qu'il serait stupide de ne pas le faire.

Le décalage de notre conversation ne m'échappa pas. Alors que je plaisantais sur le sujet, Yann était d'un sérieux absolu, empilant ses dossiers les uns sur les autres. Il fronça les sourcils et, s'armant d'un stylo, signa plusieurs documents.

Malgré mes efforts, le malaise persistait, flottant autour de nous. Je ne comprenais plus Yann et ses changements d'humeur : un instant chaleureux et affectueux, l'instant suivant froid et distant.

— Yann ?

— Oui ?

— Est-ce qu'il y a un problème avec Thomas ?

— Pourquoi y aurait-il un problème avec Thomas ?

— Tu as agi bizarrement hier soir et tu continues ce matin. Si tu cherches à me mettre en garde contre lui, parce que tu sais quelque chose...

Il étouffa un rire, avant de reporter son regard sur moi. Cela m'agaça d'autant plus. Yann savait que je n'aimais pas qu'on joue avec mes nerfs et que j'avais toujours apprécié sa franchise.

— Je ne vois pas ce qu'il y a de drôle.

— Toi ! Tu es irrésistible, ajouta-t-il en se levant.

Il prit mon manteau et me le présenta pour que je l'enfile. Je me levai en bougonnant, insatisfaite de sa réponse évasive. Restant derrière moi, il posa les mains sur mes hanches et m'attira contre lui.

— Je suis désolé, s'excusa-t-il. Allons déjeuner, il faut que je te parle de quelque chose.

A son tour, il mit son manteau et rassembla ses affaires.

— Je repasserai en fin de journée pour récupérer mes dossiers.

— Tu bosses aussi chez toi ?

— Je n'ai rien de mieux à faire, s'amusa-t-il.

— Et toutes tes fameuses opportunités ?

— Je ne veux pas une opportunité. En fait, j'espère

plutôt une guerre nucléaire, rit-il en m'adressant un clin d'œil.

— C'est donc ça l'explication à ton comportement : le manque de sexe !

— Quand tu as faim, tu es vraiment méchante !

— Tu veux dire perspicace ? corrigeai-je alors qu'il m'ouvrait galamment la porte de son bureau.

— Je veux dire adorable, chuchota-t-il à mon oreille.

Un frisson parcourut mon corps, ma peau se réchauffant agréablement. Yann passa un bras autour de ma taille et me guida vers l'ascenseur. Quand nous y parvînmes, nous découvrîmes Thomas, debout sur une chaise, dans un équilibre précaire, tentant d'accrocher une guirlande au mur.

— Je vois que tes talents de fiscaliste sont bien utilisés.

— Je rends service, riposta-t-il.

— Elle n'est pas tout à fait droite, l'informai-je.

Il rectifia sa position et pivota vers moi pour obtenir mon avis. J'opinai de la tête et il la punaisa au mur. L'ascenseur s'ouvrit et Thomas descendit de l'escabeau.

— Vous allez déjeuner ?

— Yann a choisi de sacrifier son estomac pour m'amener au japonais.

— Je n'oublie pas ta proposition, souligna Thomas en me regardant. Je serai ravi d'aller dîner avec toi !

— Il faut qu'on y aille, nous interrompit Yann en m'entraînant avec lui dans l'ascenseur.

— A plus tard, Thomas ! lançai-je, prise de court.

Les portes se refermèrent et la petite musique que j'avais entendue à mon arrivée flotta entre Yann et moi. Je risquai un regard vers mon meilleur ami, qui m'adressa lui aussi un regard furtif.

— Tu as oublié ton écharpe, remarqua-t-il.

Je portai la main à mon cou, avant de pousser un profond soupir. J'avais l'habitude de semer mes affaires un peu partout, engloutissant mon argent dans l'achat de quatre écharpes par hiver.

Yann détacha la sienne et, se plaçant en face de moi, l'enroula délicatement autour de mon cou. Un sourire se dessina sur ses lèvres et il tira un peu plus durement sur les pans de l'écharpe pour m'attirer contre lui. Mes joues chauffèrent dans l'instant et mon cœur frappa dans ma poitrine. Comme dans son bureau, l'atmosphère changea, une curieuse tension m'empêchant même de respirer convenablement.

Il me maintint un peu plus fermement contre lui, son visage surplombant le mien. Son souffle chaud balaya mon visage, ses lèvres frôlèrent ma tempe et tout mon corps trembla contre le sien. La panique avait disparu, désagrégée dès que son regard brûlant avait croisé le mien.

Il murmura mon prénom, ses lèvres fondant prudemment vers les miennes. Je fermai les paupières, oubliant toutes les bonnes raisons que j'avais de le repousser.

Nous étions amis depuis tellement longtemps. Je ne voulais pas ruiner notre histoire.

Brutalement, il s'écarta, sa bouche ne touchant finalement pas la mienne, et me libéra de son étreinte. Désorientée, je rouvris les yeux, constatant que les portes de l'ascenseur s'ouvraient sur un groupe de personnes. Yann prit ma main dans la sienne et nous gagnâmes la rue. Le froid frappa désagréablement mon visage, mais eut le mérite de me faire revenir sur terre.

— C'est par ici, m'indiqua Yann en désignant le bout de la rue.

Sa main toujours fichée dans la mienne, il me conduisit jusqu'à l'angle de la rue, avant de bifurquer sur la droite.

La neige tombait à gros flocons et nous marchions vite pour nous mettre à l'abri. Les images de l'ascenseur me hantaient : ses lèvres, ses yeux, ses mains sur moi. La réaction instinctive de mon corps m'avait surprise. Les tremblements, le picotement de ma peau, la chaleur de son souffle. Ma respiration était encore courte et j'avais la sensation presque nauséeuse de passer d'une émotion extrême à une autre sans avoir le temps de reprendre mes esprits.

Le restaurant dans lequel Yann et moi arrivâmes était presque vide. En voyant notre table, je compris que mon meilleur ami avait enfin trouvé la solution pour digérer le japonais.

— Une table de cuisson ?

— Le cuisinier s'occupe de tout. Nous avons l'après-midi, donc tout notre temps. Laisse-moi t'aider.

Il me débarrassa de mon manteau et me tira ma chaise. Aussitôt assise, je plongeai le nez dans ma carte, espérant pouvoir oublier les dernières minutes surréalistes que je venais de passer avec mon meilleur ami.

— Enfin du poisson cuit ! s'exclama-t-il.

— Petit joueur, me moquai-je.

— Je fais beaucoup d'efforts pour toi là ! J'aurais pu t'inviter à la pizzeria du coin. Tu sais, ces restaurants où on mange de la vraie nourriture avec de vrais couverts !

Il prit les baguettes déposées sur la table et tenta de les faire tenir entre ses doigts. Je ne comptais plus le nombre de fois où j'avais pris le temps de lui expliquer comment faire. Mais Yann était buté : il n'aimait pas, donc ne faisait pas.

— En fait, je commence à me demander si tu ne prends pas un certain plaisir à me torturer ainsi ! fit-il remarquer dans un rire.

— Yann, c'est toi qui as choisi le restaurant, c'est donc toi qui aimes te faire du mal. On aurait très bien pu aller à la brasserie.

— J'avais envie d'être au calme avec toi. Et j'avais aussi envie de te faire plaisir. Tu as choisi ?

J'opinai et Yann interpella le serveur. Nous passâmes nos commandes et, à ma grande surprise, Yann nous commanda deux coupes de champagne.

— Qu'est-ce qu'on fête ? demandai-je.

— Nous. Je pense que cette journée sera mémorable.

— Tu vas utiliser les baguettes ? me moquai-je.

— Pour te crever les yeux, oui ! Pourquoi au juste suis-je ami avec toi ?

— Le destin ? proposai-je sans conviction.

— La poisse ? contra-t-il, récoltant une tape sur le bras.

Il éclata de rire, puis pivota légèrement vers moi et captura ma main, glissant ses doigts entre les miens.

— Le destin, répéta-t-il. Etre ami avec toi est certainement la meilleure chose qui pouvait m'arriver. Etre ami avec toi est ce qui m'empêche de partir.

— Est-ce que tu m'as invitée ici pour m'annoncer que tu avais changé d'avis ?

Ma voix se brisa légèrement et je m'en voulus presque d'agir de manière aussi égoïste. Si Yann devait partir, alors je devais le soutenir.

— Non. Je te l'ai dit, je ne pourrais pas partir d'ici. C'était une proposition intéressante, mais tu es… tu es ici, Emma, et je ne me vois pas du tout vivre à des milliers de kilomètres de ma meilleure amie.

— Yann, je…

Le serveur posa nos coupes, interrompant net notre conversation. Le cuisinier apparut derrière lui, installant ustensiles et ingrédients sur une desserte près de la plaque.

— A nous, donc, murmura Yann. A ce qui me retient ici.

Il entrechoqua son verre contre le mien et nous portâmes les coupes à nos lèvres. Ses iris verts plongèrent dans les miens et je sentis de nouveau cette tension crépitante entre nous.

— En fait, je t'ai invitée ici pour te proposer… quelque chose.

— Tu m'invites dans un restaurant japonais, j'imagine qu'il s'agit d'un énorme service ?

— Tu dois te souvenir que chaque année, le cabinet organise une soirée de fin d'année.

— Le pince-fesses auquel tu refuses obstinément de participer ?

— J'ai accepté, soupira-t-il.

— Tu as accepté ?

— Mon assistante a accepté, corrigea-t-il. Quand je m'en suis rendu compte, c'était trop tard pour me décommander. Une vague histoire de placement à table, s'agaça-t-il. Ce qui explique pourquoi j'ai pris mon après-midi, j'ai besoin d'acheter un smoking.

— Et donc tu as besoin de moi pour avoir un avis, conclus-je.

— Aussi.

Il me lança un regard en biais, laissant sa phrase en suspens. Devant nous, le cuisinier commença à faire cuire les légumes, les découpant à une vitesse hallucinante. Je repris une gorgée de mon champagne, cherchant à capter le regard de Yann.

— En fait, je peux inviter quelqu'un pour ce dîner, précisa-t-il.

— Tu as besoin que je t'accompagne ?

— Pas tout à fait. Je… Bon sang, pourquoi suis-je

tellement embarrassé ? grommela-t-il en passant une main nerveuse dans ses cheveux.

— Pour un avocat, c'est très gênant, me moquai-je. Si tu as besoin d'une cavalière, je pense que…

— Non, ce n'est pas ça, Emma, me coupa-t-il.

De nouveau, il ravala un rire nerveux. Il reprit ma main dans la sienne, traçant de petits cercles sur ma paume.

— De toutes les fois où j'ai imaginé cette scène, je ne pensais pas que ça serait si difficile pour moi.

Il prit une profonde inspiration et chuchota :

— J'ai envie que tu viennes avec moi.

— J'avais bien compris, souris-je.

— Non, Emma, tu n'as pas compris. Je veux que tu viennes, je veux que tu sois avec moi.

J'arrachai ma main de la sienne, le dévisageant comme si je le voyais pour la première fois. Le cuisinier, face à nous, me tendit une assiette et je me réfugiai dans la nourriture pour tenter d'échapper aux sentiments contradictoires qui me saisissaient.

— Emma ?

— Yann, je crois que… je ne crois pas qu'on devrait faire ça.

— Ça ?

— Ce que tu es en train de faire. Ce que tu fais depuis hier soir.

— Et qu'est-ce que je fais depuis hier soir ?

— Je ne sais pas vraiment, mais ça me fiche une trouille bleue ! Arrête s'il te plaît ! m'exclamai-je, débordée par mon énervement. Je ne veux pas que ce que nous avons change.

— Je ne parle pas de changer, je parle d'évoluer.

— Ton argumentaire d'avocat ne fonctionnera pas avec moi ! Notre amitié est importante pour moi.

— Pour moi aussi, Emma. Il n'est pas question que notre amitié disparaisse. J'ai... Ecoute, ça fait des semaines que j'y pense, que je cherche un moyen de t'en parler. J'ai envie de dîner avec toi, Emma, et cette soirée est le seul prétexte foireux que j'ai trouvé pour t'inviter.

Ses yeux se braquèrent sur le cuisinier, pendant que, de mon côté, j'observais le visage de mon meilleur ami. Ses traits étaient tendus et il s'appliquait à broyer méticuleusement la serviette en papier entre ses mains.

— Dis quelque chose, s'il te plaît, murmura-t-il.

— Ça a l'air bon.

Yann m'adressa un regard consterné, avant de sourire faiblement. Il prit l'assiette que le cuisinier lui tendait et nous replongeâmes dans un silence tendu et embarrassant.

— Je crois que c'est la première fois en près de dix ans que tu ne parles pas, dit-il finalement.

— Je crois que c'est la première fois en dix ans que tu parviens à me clouer le bec.

— Je veux vraiment que tu m'accompagnes.

— Ce n'est pas le sujet.

— Le sujet, c'est nous, Emma. Nous sommes amis depuis dix ans et, en dix ans, c'est la première fois que je trouve le courage de t'inviter. S'il te plaît, ne ruine pas tous mes efforts !

— Donc, je devrais dire « oui », juste pour... récompenser ton geste ? m'enquis-je en riant.

— Je t'ai offert des nems et ensuite je t'amène ici. Ça compte, non ?

— De la corruption ? fis-je, faussement vexée.

— Il faut croire que je suis prêt à tout. Y compris à acheter un smoking. Ce que tu me fais faire, soupira-t-il.

— Je n'y suis pour rien dans cette soirée.

— C'est vrai. Mais tu y es pour beaucoup dans le reste de ma vie, Emma. Je te l'ai dit hier soir.

— Ce qui te retient ici, murmurai-je, en comprenant finalement.

Il acquiesça et replongea le nez dans son assiette. Avec une pointe de lucidité, je pris conscience que ma réponse à son invitation était sans importance. A cet instant précis, devant nos assiettes, notre amitié était déjà en train de changer.

Je me mentais. Elle avait déjà changé avant d'entrer ici. Dans son bureau, dans l'ascenseur. Yann avait été sur le point de m'embrasser. Mon corps tout entier avait vibré, anticipant cet instant.

— Tu peux dire « non », reprit-il.

— Quel genre de meilleure amie ferait ça ?

— Le genre qui ne veut pas être un peu plus que ma meilleure amie. Je te connais Emma, tu ne sais pas prendre une décision spontanément. Tu pèses le pour, le contre, tu analyses.

— Tu exagères !

— Vraiment ? Que fais-tu en ce moment même ?

— Je déjeune avec toi, répondis-je, très confiante.

— Non. Tu penses à la même chose que moi.

J'éclatai de rire, déviant volontairement mon attention vers mon assiette. Je ne parvins cependant pas à contenir le rougissement massif qui ornait déjà mes joues. Yann repoussa mes cheveux, son regard se baladant sur mon visage. Je me pinçai les lèvres, sachant que je n'en réchapperais pas : Yann avait toujours su lire dans mes pensées.

— Je voulais t'embrasser, Emma. Je le veux toujours.

— Mais tu ne l'as pas fait parce que tu sais que nous sommes amis, dis-je, en espérant le faire revenir à la raison.

— Non, ce n'est pas pour cette raison.

Son regard glissa sur ma bouche et instantanément mon cœur partit dans une course fulgurante. Mon corps m'échappait de nouveau, électrisé. Quand Yann retrouva mon regard, cette brutale tension disparut.

— Pourquoi alors ? dis-je dans un murmure à peine audible.

— Je voulais que toi, tu m'embrasses. Que tu… que tu agisses, que tu me fasses comprendre que tu étais d'accord. Je sais ce que je veux, Emma, mais pour la première fois depuis qu'on se connaît, je ne sais pas ce que toi tu veux.

— Je veux que les choses soient normales, avouai-je.

— Pourquoi seraient-elles anormales ?

— Elles le seront si je te perds.

— Pourquoi me perdrais-tu ?

— Je ne sais pas, mais cette simple idée me colle une trouille monumentale, Yann. L'idée que tu partes à des kilomètres me fait paniquer, c'est vrai. Mais si… si… cela ne fonctionne pas entre nous, ça sera pire.

Je triturai mon assiette, mon appétit désormais porté disparu. Je la repoussai et pendant une seconde envisageai même de quitter le restaurant.

— Regarde-moi, m'intima-t-il. Regarde-moi, Emma.

Je tournai le visage vers lui, priant pour qu'il ne trahisse pas mes émotions : la peur, la panique, l'incrédulité. Il posa la main sur ma joue, forçant mon regard à s'ancrer dans le sien. J'y décelai cette pointe de sincérité, mêlée à de l'inquiétude.

— Viens avec moi à cette soirée. S'il te plaît, ajouta-t-il dans un murmure.

— Yann, je…

— S'il te plaît. Et si ça ne fonctionne pas, je promets de ne plus être… bizarre, sourit-il.

— Ne fais pas ce genre de promesses, soufflai-je.

— Alors cesse d'analyser. Et sache qu'en ce moment même, j'ai très envie de t'embrasser.

— Ne pousse pas le bouchon, souris-je en écartant doucement sa main.

— Donc tu m'accompagnes ?

Je frottai mon visage des deux mains, sentant la fatigue me gagner. Yann me regardait intensément pendant que je tentais de gagner du temps pour dissiper le léger malaise que je ressentais.

— Je sens que mon petit excès de confiance va me coûter un paquet de nems ! lança-t-il dans une volonté manifeste de détendre l'atmosphère.

— Un gros paquet, approuvai-je. Mais oui, je viendrais.

— Bien. Dans ce cas, je ne prends pas de risque en te disant que la soirée est après-demain.

— Après-demain ? hurlai-je. Mais… mais…

— Tu as dit oui.

— J'aurais pu avoir quelque chose de prévu !

— Sans moi ?

— Il m'arrive de faire des choses sans toi !

— Et c'est nettement moins bien ! riposta-t-il en engloutissant deux crevettes.

— Ma robe de soirée est à la laverie.

— C'est le seul argument que tu as pu trouver pour ne pas venir ?

— Laisse-moi dix minutes et je t'en trouve vingt !

Il haussa un sourcil, puis avala rapidement sa bouchée. Il prit soin de s'essuyer les lèvres avant de se pencher vers moi.

— Laisse-moi cinq secondes et je les démonte tous, chuchota-t-il d'une voix rauque.

— Et si je te refuse les cinq secondes ? soufflai-je péniblement.

— J'ai l'après-midi pour te convaincre. J'ai même l'après-midi pour te trouver une robe, ajouta-t-il en reprenant sa place initiale.

— Ai-je droit de donner mon avis à un moment ?

— Je te le ferai savoir.

Il avala une bouchée de légumes, gémissant de plaisir.

— Je crois que je commence à aimer la cuisine japonaise.

— Je crois que tu es fou furieux, ris-je.

Curieusement, notre fonctionnement habituel reprit. Yann me parla de son travail, de ses dossiers en cours, quand je lui parlais du cabinet d'architecture et de mes projets d'indépendance. Je n'oubliais pourtant pas que notre amitié vacillait sur ses bases, que nous prenions un risque.

Mais je savais pourquoi je faisais confiance à Yann : jamais il ne ferait du mal. Jamais.

Après le déjeuner, mon bras calé autour de celui de Yann, ce dernier m'offrit un *latte* et nous nous dirigeâmes vers le boulevard Haussmann. La neige avait cessé de tomber et, à cette heure de la journée, ce n'était pas encore la foule. Je m'autorisai un coup d'œil vers les vitrines, admirant le mouvement saccadé des automates. En remontant l'avenue, en direction de l'entrée du magasin, je constatai que la main de Yann entourait désormais ma taille.

— On commence par toi, proposai-je en regardant le plan du magasin. C'est au quatrième étage.

Nous empruntâmes l'escalier mécanique, Yann toujours à mes côtés, sa main allant et venant dans mon dos. Je commençais à trouver cette position étrangement confortable. Parvenu à l'étage, Yann visa un rayon et, calant sa main dans la mienne, m'entraîna à sa suite.

Les regards langoureux que lui adressait l'employée frisaient l'indécence. Assise dans un fauteuil, près des cabines d'essayage, j'avais presque envie d'en rire tant je trouvais son comportement ridicule.

— Celui-ci vous va très bien, complimenta-t-elle Yann en lissant les pans de sa veste.

Mon meilleur ami haussa un sourcil à mon intention, demandant silencieusement mon avis. Elle passa derrière lui, glissa un doigt dans la ceinture de son pantalon, Yann sursautant de surprise.

— Je vérifie la taille.

Ma repartie fusa plus vite que je ne m'y attendais :

— La taille de quoi au juste ?

La vendeuse rougit jusqu'à la racine des cheveux, pendant que Yann étouffait un rire. Je me levai de mon fauteuil et me plaçai près de lui, faisant face au miroir.

— Tu es très élégant, dis-je avec un sourire.

— Tu crois que ça lui plaira ?

— A qui ?

— A la fille qui me traîne dans un restaurant japonais.

— Je pensais que tu parlais de la vendeuse. Je crois… Je crois qu'elle cherche à attirer ton attention, murmurai-je pendant qu'elle nous jetait des regards en biais de sa caisse.

— Elle fait son métier.

— Elle te drague ! m'exclamai-je. Et devant moi !

— Tu es jalouse ?

— Non. Je constate un fait. Je trouve qu'elle se rend ridicule et que…

— Tu es jalouse.

Il déboutonna sa veste, observant son reflet devant lui, pendant que, bouche ouverte, je cherchais un argument à lui opposer.

— Puisqu'on aborde le sujet… Est-ce que tu vas vraiment dîner avec Thomas ? demanda-t-il.

— Certainement, oui.

Nous échangeâmes un regard dans le miroir, puis il retira sa veste, dissimulant mal son agacement.

— Yann ? Est-ce que tu es… jaloux ?

— Je préfère le terme possessif.

— Charabia d'avocat : tu es jaloux ! assenai-je, sûre de moi, en croisant les bras sur ma poitrine.

— Je ne partage pas, Emma. Surtout pas toi.

Il entra dans la cabine d'essayage et je l'entendis retirer son smoking. Je restai près du rideau, observant au loin l'employée.

— Je ne peux donc pas être amie avec lui ?

— Bien sûr que si. Mais je ne suis pas certain qu'il veuille être ton ami.

— Tu m'as dit que Thomas était un type bien.

Le rideau s'ouvrit, révélant Yann vêtu de sa tenue habituelle. Il tira sur son pull, avant de relever les yeux vers moi.

— Je n'ai pas menti. Il ne s'agit pas de Thomas. Il s'agit de moi, Emma. Je suis possessif, ou jaloux si tu préfères, dès qu'il s'agit de toi.

L'espace entre nous se réduisit un peu plus, ses yeux toujours plongés dans les miens. Du dos de la main, il effleura ma joue, sa douce caresse fut accompagnée d'un sourire triste.

— Allons chercher ta robe, ensuite je te raccompagnerai chez toi.

Il régla son achat, puis nous gagnâmes le deuxième étage. La soirée de Yann consistait en une vente de charité autour d'un dîner gastronomique. Il me fallait donc opter pour du chic. Comme je l'avais fait avec lui, Yann s'installa dans un des fauteuils à proximité des cabines et observa mes tenues.

— La blanche, trancha-t-il après trente minutes de défilé.

— Tu ne préfères pas la noire ?

— Tu es parfaite dans la blanche, crois-moi. Tu as besoin d'aide, proposa-t-il en se levant.

— Non.

— Ce n'était pas une question, tourne-toi.

— Yann, ce n'est…

— Ce n'est qu'une rangée de boutons. Je l'ai fait des dizaines de fois et il n'est pas question que ce privilège me soit retiré.

— C'est différent maintenant, murmurai-je en sentant ses mains tirer sur les pans de ma robe.

— En effet. C'est beaucoup mieux.

Mon corps se tendit dans l'instant, pendant que le souffle de Yann balayait ma nuque. Il s'appliqua à défaire chaque bouton, réveillant ma peau à chaque contact furtif de ses doigts.

Malgré mes protestations, Yann paya pour ma robe. Mes arguments féministes et prônant l'égalité homme-femme lui tirèrent un rire tonitruant.

— Tu n'es pas capable d'ouvrir un pot de confiture toute seule.

— Je suis capable de t'assommer avec !

— Tu fais bien de me prévenir, je vais me méfier demain en venant te chercher.

— Tu veux passer me prendre ? Bon sang, Yann, j'ai le cœur fragile, ne me fais pas risquer une fichue crise cardiaque !

Nous quittâmes le magasin, Yann m'entraînant dans

une rue adjacente en direction de l'Opéra. Je compris qu'il retournait à son bureau.

— On peut se retrouver directement à la soirée, proposai-je.

— Est-ce que 20 heures te conviendrait ?

— Est-ce que c'est vraiment nécessaire ?

— Pour être conforme, oui.

— Est-ce que je veux vraiment savoir à quoi tu veux te conformer ?

— A ce truc socialisant entre un homme et une femme, répondit-il aussitôt.

Je m'arrêtai net sur le trottoir, éberluée.

— Yann, je jure que si tu me parles du capot de ta voiture, je demande des analyses sanguines, m'écriai-je.

— Promis, je vais me contrôler, jura-t-il, une main sur le cœur en réprimant un rire. Mais j'aimerais vraiment venir te chercher samedi soir.

Je soupirai, partagée entre l'incrédulité, l'effroi et la tentation d'accepter. Mais il ne se passait rien, comme si mon cerveau refusait de connecter les bonnes zones. Pourtant, il fallait être honnête, je n'avais aucune bonne raison de refuser.

— Et ce que j'aimerais surtout, c'est qu'on en parle au chaud, ajouta-t-il en frissonnant. Je dois récupérer mes dossiers au bureau et ensuite je te raccompagne. Tu me feras un fabuleux café, je me camouflerai sous le plaid de ton canapé et je pourrais alors débattre avec toi de l'ouverture du pot de confiture.

— On ne va pas vraiment débattre, dis-je, persuadée qu'il me menait en bateau.

— Non. Je viendrai te chercher que tu le veuilles ou non.

Après un crochet rapide à son bureau, Yann me ramena à mon appartement. L'après-midi était passé très vite et il faisait presque nuit quand nous franchîmes le seuil de mon deux pièces. Mon meilleur ami se débarrassa de son manteau et, comme promis, je lançai ma machine à expresso.

Yann visa mon plaid, un assemblage en patchwork qu'il adorait, et se glissa en dessous. Je le rejoignis quelques instants plus tard, nos deux cafés à la main. Yann m'accueillit dans ses bras et le silence se fit, apaisant et agréable.

— Je ne vois pas pourquoi tu devrais venir me chercher ! dis-je pour relancer le sujet.

— Emma, j'ai dû faire des pieds et des mains pour que tu m'accompagnes. Je veux juste faire les choses correctement. Sauf si…

— Sauf si quoi ?

— Dis-moi que tu n'as pas dit « oui », juste pour… récompenser mon geste.

— C'est à ce point important pour toi ?

— As-tu idée de la somme de courage que j'ai dû amasser en dix ans, juste pour oser te demander ?

Sa main glissa sur mon poignet pour atteindre la mienne. De nouveau, je cherchai à reconnecter mon cerveau, mais cette attraction, son regard, sa main dans la mienne me figeaient.

— Comment pourrais-je t'expliquer ce que tu représentes pour moi ? Hier, j'ai vraiment eu une journée catastrophique. D'une part parce que j'avais encore mal aux mains, d'autre part parce qu'on m'avait confié ce cas à traiter et que je ne suis pas certain d'y arriver. Mais quand je t'ai vue dans la cuisine de Laura, c'était… un peu ma récompense, comme si… comme si ma sale journée n'avait eu de sens que pour ça.

Yann baissa les yeux sur nos doigts joints. Le souffle court, stupéfiée par ce qu'il venait de me dire, je parvins enfin à rassembler les bribes dispersées de mon cerveau. Je risquai un sourire quand il redressa la tête vers moi.

— Je n'ai pas dit « oui » juste pour te récompenser, admis-je dans un sourire.

Son sourire s'élargit et il poussa un soupir de soulagement. Comme si sa masse de courage s'était finalement évaporée pour laisser place à autre chose. Il libéra doucement ma main et réajusta le plaid autour de nous.

— 20 heures, donc ?

— Sois à l'heure, murmurai-je.

— Je serais sûrement en avance, promit-il.

Il planta son regard brillant dans le mien et l'atmosphère autour de nous changea. Il y avait ce léger crépitement, mêlé à de la tension, me rendant à la fois heureuse et tétanisée.

Tétanisée parce que j'en avais envie. A ce moment précis, je voulais l'embrasser et ressentir cette délicieuse vibration qui se produisait quand nos deux corps se touchaient.

Je détournai le regard et repris mes esprits.

— Donc, ce dîner ? fis-je après m'être raclé la gorge.

— Oh… C'est une vente de charité, donc : du vin, de la nourriture et des conversations vraiment, vraiment ennuyeuses.

— Sincèrement, Yann, tu me vends du rêve, là !

— Ah, pardon… Donc, eh bien, du vin, de la nourriture et cette fille ravissante qui m'accompagne, corrigea-t-il.

— Nettement mieux.

— Tu devras certainement danser aussi.

— Dans quoi ai-je mis les pieds ? m'esclaffai-je.

— Ça créera un nouveau souvenir mémorable.

— Tu es certain de ne pas vouloir retourner en haut de la tour Eiffel ?

— Te réchauffer ici est nettement plus agréable.

— Tu voues un culte ridicule à ce plaid !

— Je ne parlais pas du plaid.

Désarçonnée, je me levai, libérant ma main de celle de Yann. Il fronça les sourcils et repoussa le plaid.

— Je ne cherchais pas à t'effrayer, dit-il d'une voix plus douce.

— Je sais. Je pensais qu'on pouvait encore faire ce genre de choses.

— Quel genre de choses ?

— Discuter sans qu'il y ait une sorte de malaise entre nous.

— C'est une phase transitoire, assura-t-il. Ne me reproche pas d'essayer de la rendre plus… courte.

— Transitoire entre quoi et quoi au juste ? demandai-je, en connaissant pertinemment la réponse.

— Entre quelque chose de routinier et quelque chose d'extraordinaire.

J'esquissai un sourire, rassurée qu'il comprenne mes réactions. Je n'avais pas peur de Yann, j'avais peur de ce qui était en train de se passer. Il s'approcha de moi et mon ventre fit ce petit bond désormais agréable et familier.

— Je vais… enfiler quelque chose de plus confortable.

— Emma !

— Je reviens dans deux minutes ! promis-je, morte de trouille.

Et je cavalai, comme si on me pourchassait, jusqu'à ma petite chambre. Je claquai la porte derrière moi, mon corps glissant le long de la porte jusqu'à ce que mes fesses touchent le sol.

— Qu'est-ce qui m'arrive ? marmonnai-je, le visage dans mes mains.

Je me glissai dans mon pyjama et pris plusieurs profondes inspirations avant de retourner dans le salon.

Yann compulsait ma bibliothèque, accroupi, sûrement à la recherche d'un nouveau livre.

— Tu trouves ton bonheur ? demandai-je en m'installant sur le canapé.

Il pivota vers moi, un léger sourire s'installant sur ses lèvres.

— J'y travaille, répondit-il en me fixant avec intensité. En fait, je crois que j'ai eu tort, tout à l'heure. En fait, je crois que ma sale journée n'a eu de sens que pour ça ! corrigea-t-il en pinçant le tissu de mon pyjama entre ses mains.

— Moque-toi ! J'aimerais bien te voir avec ton pyjama moi !

— Je n'ai pas de pyjama, Emma.

— Oh… Donc tu dors…

— Pas trop mal, généralement, s'amusa-t-il. Mais maintenant que j'y réfléchis vraiment, peut-être que je dormirais encore mieux avec ce pyjama.

Je me sentis rougir jusqu'à la racine des cheveux. C'était étrange. Avec Yann, je marchais désormais sur un fil risquant de me précipiter dans le vide au moindre faux pas. Je m'écartai légèrement de lui, plaçant une sorte de no man's land de sécurité entre nous deux.

Il leva la main vers moi et repoussa une mèche de cheveux qui voilait mon regard. Je me sentis frémir, frôlant de nouveau ce précipice entre notre amitié confortable et une tentante zone inconnue.

— Ton excès de confiance m'effraie, avouai-je.

— *Tu* m'effraies. Emma, je peux avoir tout le courage du monde, toute la confiance du monde, toutes les offres de boulot possibles… Mais curieusement, c'est toi qui fais que ma journée est… parfaite.

— Moi ou mon pyjama ? plaisantai-je, la gorge serrée.

— Toi dans ton pyjama. Mais j'avoue que te voir nue rendrait cette journée encore meilleure !

Nous rîmes à l'unisson. Je sentais toujours ce truc étrange, coincé dans le fond de ma gorge et qui, lentement, gagnait mon estomac. Yann me regardait toujours avec cette intensité désarmante, me réchauffant mieux que n'importe quel pyjama.

— Je devrais y aller, décida-t-il finalement.

— Déjà ?

— Impatiente de me revoir ?

— Disons que d'habitude, on discute des heures et…

— Si je reste ici, je ne suis pas certain de pouvoir agir… comme je dois agir avec toi.

— Comment es-tu censé agir ? demandai-je pendant qu'il enfilait son manteau.

— Je pourrais faire une réponse intelligente, un truc très logique, ou même un truc romantique. Mais, après dix longues années, j'estime que c'est ton tour de capitaliser ton courage.

Sans rien ajouter, il me prit dans ses bras et m'étreignit avec force. J'inhalai un reste de son parfum, sentant sa peau râpeuse frotter contre la mienne. Il plaça un baiser sur le coin de ma bouche, me faisant légèrement trembler. Il s'écarta un peu, mais cette fois, je refusai de le laisser partir. J'accrochai son visage de mes mains et posai un baiser furtif sur ses lèvres. La stupéfaction se peignit sur ses traits, avant qu'un sourire lumineux les illumine.

— C'est ce que je veux, murmurai-je.

Il posa ses lèvres contre les miennes et, à cet instant, je basculai dans le gouffre. Notre amitié ne survivrait pas à ce baiser. Je plongeai les mains dans ses cheveux, sa langue glissant entre mes lèvres. Tous mes questionnements de la journée s'évaporèrent quand ses mains accrochèrent ma taille et qu'il me repoussa contre la porte. Un gémissement m'échappa et Yann en profita pour prendre possession de ma bouche, sa langue caressant la mienne. La tension disparut, remplacée par le désir, l'envie et la douce chaleur entre nos deux corps. Mon cœur frappait à en sortir de ma poitrine et il accéléra encore plus quand je sentis les doigts de Yann se faufiler sous mon haut pour caresser ma peau. Son baiser était doux, tendre et rassurant. Quand il s'écarta, les yeux brillants, il souda son front au mien.

— 20 heures, samedi, me rappela-t-il en restant tout près de moi.

Je lui ouvris la porte, toujours un peu habitée par la déception de le voir partir aussi vite. Yann me fit un dernier signe de la main, avant de se diriger vers les ascenseurs.

— Yann ? l'interpellai-je.

— Oui ?

— Je présume que tu viendras avec ta voiture ? demandai-je, le sang me montant aux joues.

Yann hocha la tête et se contenta de sourire. L'instant suivant, je refermai la porte de mon appartement et me laissai couler jusqu'au sol. Frottant mon visage entre mes mains, submergée par la fatigue, je réalisais seulement maintenant que j'avais un rendez-vous avec Yann.

Chapitre 4

♪ The way you look tonight ♫

Deux jours plus tard et sans avoir eu l'occasion de reparler à Yann, englouti dans son travail, je discutais avec Laura dans notre café habituel. La neige avait laissé place à une pluie fine, qui battait sur les carreaux. Je sentais une forme de nervosité m'envahir à l'idée de ma soirée avec mon meilleur ami.

Mon mug entre les mains, je soufflai dessus, plus par habitude que par réelle crainte de me brûler. Simon avait fini par installer un mini-sapin sur chaque table, comme si on pouvait louper la décoration du café. Les chansons de Noël passaient en boucle, me donnant presque la nausée.

Ou alors c'était simplement l'idée d'avoir un rendez-vous avec Yann qui me rendait anxieuse et malade.

— Tu veux dîner avec nous, ce soir ? me proposa Laura. Promis, je commande et tu ne risqueras pas ta vie.

— Je ne peux pas. J'ai… euh… je suis prise, soufflai-je, en espérant ne pas devoir m'enfoncer dans cette conversation.

— Oh ! Comment s'appelle-t-il déjà ? Marc, non ?

— Marc ? Dieu du ciel, je préférerais manger une de tes décoctions que de ressortir avec ce type !

— Qui est l'heureux élu alors ?

— Tu ne le connais pas.

Même à moi, mon mensonge sonna faux. Pourtant, il était sorti spontanément. Laura haussa les épaules, mais la lueur qui perça dans son regard quand elle me fixa par-dessus son mug me fit frémir : je compris qu'elle n'abandonnerait pas de sitôt.

— De ton travail ? demanda-t-elle.

— Non. Juste une vieille connaissance. Nous nous sommes croisés. Par hasard, complétai-je dans un léger rougissement.

Laura écarta le mug de ses lèvres, avant de le poser délicatement sur la table. Elle pencha la tête et me scruta intensément. Laura était nouvelle — seulement deux ans parmi nous, c'est dire — dans le groupe, mais elle avait cette faculté incroyable de pouvoir décoder n'importe qui. Elle avait du flair, décrétant qui était bon et qui ne l'était pas. Je devais puer le mensonge à des kilomètres.

— Tu ne veux pas en parler ?

— De quoi ? répondis-je, incapable de repartie.

— Tu ne veux pas m'en parler, en conclut-elle en décroisant les jambes.

Elle se pencha vers moi, et de nouveau ce regard inquisiteur scanna mon visage. Je m'enfonçai dans mon siège, me sentant quasiment agressée dans mon intimité. Un sourire carnassier s'étira sur ses lèvres et elle émit une sorte de petit couinement satisfait et dédaigneux.

— C'est important, donc. Sinon, tu en parlerais.

— Je n'en parle pas parce qu'il s'agit juste d'un rendez-vous.

— Tu nous avais parlé de Marc avant ton rendez-vous avec lui.

— Simplement parce que je cherchais une idée pour ne pas y aller. Tu sais, un brain-storming de sauvegarde. D'ailleurs, vous n'avez pas été très efficaces, soulignai-je.

— Emma, tu tentes de noyer le poisson. Qui est-ce ?

— Un homme !

— Pourquoi ne veux-tu pas le dire ? s'étonna-t-elle.

Je lui lançai un regard que j'espérais dur et assez menaçant pour la faire taire. Mais pour toute réponse, j'eus simplement un sourire encore plus flippant.

— Parce que je ne tiens pas à tout décortiquer, répondis-je finalement, un peu agacée.

— Tu es nerveuse.

— Est-ce qu'on peut changer de sujet ? râlai-je un peu plus fort. Je n'aurais pas dû t'en parler.

— Emma, loin de moi l'idée de te juger. Mais depuis que je te connais, je suis à peu près certaine de pouvoir compter sur les doigts d'une seule main les rendez-vous que tu as eus.

— Je sélectionne, dis-je avec un sourire.

— J'avais bien compris. Mais tu t'énerves et tu es en train de rentrer dans ta coquille. J'en conclus que ce dîner, pour toi, est important.

— Il l'est, admis-je finalement, en réalisant qu'elle avait totalement raison.

— Ai-je le droit à un prénom ?

— Ne pousse pas !

— Comment le prend Yann ?

— Pourquoi parle-t-on de Yann ? me braquai-je immédiatement.

Laura avala rapidement sa gorgée de café et leva les yeux au ciel, presque dépitée. Je sentis ma gorge s'assécher, m'attendant désormais à tout de sa part. Son flair, comme toujours.

— Yann est ton ombre. Je comprends que tu me caches des choses. Je veux dire, notre amitié est *si* récente, ironisa-t-elle. Mais je suis certaine que lui, il saurait te faire parler.

— Tu sais bien que…

— Non, non. Je sais, Emma. Je sais que je ne peux pas rivaliser avec… combien de temps déjà ? m'interrogea-t-elle avec un sourire.

— Dix ans et deux mois, répondis-je aussitôt.

Laura pinça les lèvres et je m'en voulus presque instantanément. J'adorais Laura, j'enviais la femme confiante qu'elle était, je jalousais sa capacité à être forte en toutes circonstances. J'aurais pu lui confier ma vie, mes larmes, mes secrets les plus enfouis.

Mais lui dire que je sortais avec Yann ce soir, c'était impossible.

— Ça n'a rien à avoir avec notre amitié, m'excusai-je immédiatement. Je n'ai juste pas très envie d'en parler. Ça me rend nerveuse et j'ai peur qu'en t'en parlant, ça… aggrave la situation. Et pour te répondre, Yann est au courant.

— Vraiment ? Et il le connaît ?

— Peut-être même qu'il me l'a présenté, murmurai-je, conspiratrice.

— Quelqu'un de son travail, conclut-elle, en réfléchissant à voix haute. Mais non, ça ne collerait pas avec cette histoire de vieille connaissance. Je penche plutôt pour quelqu'un de votre passé commun. Quelqu'un qui soit suffisamment important pour que tu sois très nerveuse, mais qui doit être vraiment un type bien pour que Yann avalise.

— Pour que Yann avalise ? répétai-je en manquant de cracher mon café. Yann n'a jamais…

— Yann ne te laisserait pas sortir avec n'importe qui.

— Et tu sais ça parce que…

— Parce que je le sais, répondit-elle en tapant le bout de son nez avec son index. Il suffit de vous regarder, vous veillez l'un sur l'autre.

— Je veille aussi sur Julie, sur Grégoire et même sur toi, contrai-je.

— Pas autant que sur Yann.

— Qu'y a-t-il sur moi ? demanda soudainement la voix de Yann derrière moi.

Il m'offrit un sourire radieux et retira sa veste. Je me levai d'un bond, manquant de renverser mon café sur sa chemise. Déposant nos mugs respectifs sur la table basse, Yann me serra dans ses bras, murmurant un « bonjour » à mon oreille.

— J'ai cru ne jamais te revoir, le grondai-je en me réinstallant sur mon siège.

— J'ai eu pas mal de travail. Tu sais, ce cas dont je t'ai parlé. J'ai dû faire des recherches et… Bon sang, est-ce que Simon est possédé par l'esprit de Noël ?! s'exclama brutalement Yann.

Il grimaça, récupéra son mug et prit une longue gorgée de son café. Laura me fit un discret signe de tête, appuyant ainsi sa démonstration. Je pris alors conscience que j'avais salué Yann avec un enthousiasme peut-être un peu trop débordant.

— Alors, de quoi parliez-vous ? demanda finalement Yann.

— Emma veut me faire croire qu'elle agit avec toi comme avec tout le monde.

— Laura tente de prouver que ma relation avec toi est différente de ma relation avec Julie, rectifiai-je.

— Elle a raison, approuva Yann. Personnellement, jamais je n'oserais te traîner à un cours d'aérobic pour draguer le prof.

Laura étouffa un rire pendant que je lançais un regard noir à Yann. Il enroula le bras autour de moi et m'attira contre lui dans une étreinte de consolation. Contre toute attente, il me garda près de lui et nos corps s'adaptèrent à cette nouvelle position.

— Et pourquoi cette analyse sur notre relation ?

— Longue histoire, soupirai-je, en espérant passer entre les gouttes.

— Emma a un rendez-vous ce soir…

— Mais j'ai refusé de lui en dire plus, complétai-je vivement, en priant pour que Yann agisse dans mon sens.

— Je suis certaine que tu le connais, reprit Laura. Elle m'a dit que c'était une vieille connaissance.

Yann prit une gorgée de son café et je compris qu'il réfléchissait à une réponse acceptable. Quelque chose qui irait dans le sens de Laura, rien que pour m'agacer, mais qui me préservait pour ne pas ruiner notre soirée. Il soupira et je sentis sa main se resserrer un peu plus contre ma hanche.

— Je ne sais pas vraiment ce qu'Emma attend d'un homme. J'espère juste qu'il aime la flanelle, plaisanta-t-il.

— J'enlève la flanelle quand la situation l'exige, ripostai-je, un peu vexée.

— Vraiment ? Donc tu dors…

— … généralement assez bien, le coupai-je, amusée par notre échange.

Yann se contenta de sourire, une lueur étrange illuminant son regard. Je tournai mon attention vers Laura qui secouait la tête en souriant. Elle avait raison, j'agissais différemment avec Yann.

Et même là, j'étais dans ses bras, nullement gênée par cette proximité qui m'avait effrayée lors de notre soirée Pictionary. Un peu confuse, je me redressai légèrement, mais Yann me retint, sa main effleurant un carré de peau à l'air libre. Je relevai les yeux vers lui et, pendant une seconde, j'aurais pu jurer que nous étions seuls au monde. Ce fut un raté dans le fond sonore musical qui nous sortit de notre contemplation.

— Tu dînes avec nous ce soir, Yann ? demanda finalement Laura.

— J'ai un truc de boulot, grimaça-t-il. Sans intérêt.

— Sans intérêt ? répétai-je.

— Ou presque. Hormis, évidemment, le fait de nouer de nouvelles relations, dit-il en coulant un regard vers moi. On ne sait jamais, la soirée peut réserver des surprises.

Son sourire s'élargit pendant que je rétrécissais le regard. Je jetai un coup d'œil sur ma montre, réalisant que l'heure avait filé plus vite que je ne l'imaginais.

— Peur d'être en retard à ton rendez-vous ? se moqua Laura.

Je me libérai à contrecœur de l'étreinte chaleureuse de Yann. Il ajusta sa position sur sa chaise, me tendant mes gants.

— Il a promis qu'il serait même en avance, répondis-je en enfilant mon manteau.

— Il a l'air bien trop gentil pour être honnête, souffla Yann, les yeux rivés sur son *latte*.

— Yann, ne joue pas les rabat-joie parce que tu vas à un dîner sans intérêt, le réprimanda Laura.

— Je ne joue pas les rabat-joie, je dis juste que ce

type est peut-être… un détraqué sexuel qui cherche à te retirer ton pyjama ! s'exclama-t-il.

— Peut-être que je le laisserai faire !

Yann releva les yeux vers moi, sa pomme d'Adam tressautant légèrement. Sa main se resserra sur son mug et je distinguai presque le bruit des rouages de son cerveau. Quand, finalement, il se reprit, son visage se colora légèrement.

— Il prendra ça comme une invitation à un nouveau rendez-vous, dit-il finalement.

— Serait-ce si mal ? demanda Laura.

— Quand on commence à fréquenter une fille comme Emma, il est vraiment difficile de s'en défaire.

Je croisai le regard de Yann et le poids qui avait habité mon estomac les deux derniers jours sembla peser encore plus lourd. Il me fixait avec ardeur, sa langue passant furtivement sur ses lèvres un peu sèches.

— Et je le sais, reprit-il d'une voix plus forte, parce que depuis dix ans, je n'arrive pas à m'en décrotter.

— Tu l'as eue dix ans pour toi, admets que tu en as suffisamment profité !

Je me glissai entre la table basse et Yann, empêchant ainsi Laura de pouvoir voir nos visages. Pour l'instant, nous avions réussi à brouiller les pistes, mais je doutais de garder notre secret intact bien longtemps. Yann se leva à son tour. Baissant les yeux vers moi, il exhala un petit soupir. Je posai furtivement la main sur son torse, sentant ses muscles se tendre sous ma paume.

— A ce soir, chuchotai-je.

J'enfonçai mon bonnet sur la tête et courus presque jusqu'à la porte du café. L'air froid me fouetta le visage, apaisant mes joues chaudes et flamboyantes. Mon cœur avait repris un rythme décent, mais, quand je risquai un regard vers l'intérieur du café et que je vis Yann discuter en souriant avec Laura, il repartit de plus belle.

Parvenue chez moi en slalomant entre les plaques de verglas, je me décidai pour une douche chaude et apaisante avant de me préparer.

Comme promis, Yann se présenta un peu avant 20 heures, vêtu de son lourd manteau.

— Tu es ravissante, souffla-t-il avec un sourire entendu.

— Tu dis ça parce que Thomas risque une nouvelle fois de te griller la priorité ?

— En partie. Pour être honnête, tu es plus que ravissante.

— Merci, répondis-je en ajustant nerveusement un bracelet autour de mon poignet.

— Et le carrosse de mademoiselle est avancé.

Je mis mon manteau et pris mon sac avant de rejoindre Yann dans le couloir menant aux ascenseurs. Il me fit un petit sourire discret et mystérieux.

— Un problème ? demandai-je.

— Aucun. Je me disais juste que je n'allais pas attendre de nouveau dix ans.

Yann m'ouvrit galamment la porte de sa voiture avant d'aller s'installer derrière le volant. Une vieille chanson d'Otis Redding résonnait dans l'habitacle. Ma nervosité réapparut quand il démarra. Je cherchai un sujet de conversation, mais rien ne me venait, comme si j'étais en plein blocage depuis que Yann était apparu.

— Joli costume, dis-je finalement, un peu consternée par la faiblesse de ma voix.

— Merci, murmura-t-il.

— Je ne voulais pas en parler à Laura, lâchai-je finalement. Je… Tu sais comment ça se passe.

— Emma, je n'ai pas besoin d'explications. Laura m'a dit que tu étais nerveuse au sujet de ce rendez-vous.

— C'est vrai. C'est juste que… Bon sang… C'est toi et je ne devrais pas être si… pénible et nulle et incapable d'aligner deux mots !

— J'aime que tu sois nerveuse. J'ai le trac aussi, sourit-il.

— Ce que je voulais dire, c'est que je n'ai pas voulu en parler à Laura parce que… Honnêtement, je ne voulais pas lui en parler, lâchai-je finalement.

— Emma, si tu me disais maintenant que tu veux qu'on se cache, je n'aurais même pas la force de refuser, avoua Yann en riant. Tu m'as laminé au café. Avec la possibilité d'enlever ton… euh… pyjama.

— Je n'ai pas réfléchi, m'excusai-je, penaude.

— Ça me va. Ne réfléchis pas. C'est justement ce que je te demande.

Après cette mise au point, il me sembla que l'atmosphère s'était allégée. Je n'étais évidemment pas parfaitement détendue, mais j'étais heureuse que Yann et moi soyons sur la même longueur d'onde concernant notre rendez-vous.

La réception avait lieu dans un hôtel de luxe du centre-ville. Yann se gara juste devant et un voiturier, sorti de nulle part, ouvrit ma portière. Je frémis en sentant le froid s'engouffrer dans l'habitacle. Je m'enroulai dans mon manteau et prit la main du jeune homme aux lèvres un peu bleues qui tentait, malgré tout, de me sourire. Yann contourna la voiture et prit très vite le relais, entourant ma taille de son bras.

Le hall de l'hôtel avait été décoré à l'occasion des fêtes, un superbe sapin trônant près de l'escalier principal. La décoration argentée capta mon regard et je sentis à peine Yann poser les mains sur l'encolure de mon manteau pour me le retirer.

— Cesseras-tu un jour d'être fascinée par tout ça ?

demanda doucement Yann en dirigeant son regard vers le sapin.

— J'en doute. Je crois que c'est le parfum. Ça me rappelle la maison.

— Bien, dans ce cas, tu ne verras aucun inconvénient à accomplir notre mission « sapin » de demain.

— Encore ? Mais on l'a déjà fait l'an dernier, gémis-je, en me souvenant de la bronchite monumentale que j'avais récoltée à la suite de cette fameuse expédition.

La perspective de retourner à la chasse aux sapins, par ce froid, et avec la foule à affronter, ne me faisait pas rêver. Mais cela faisait partie de nos traditions de groupe. Chaque année, nous faisions un sapin, en espérant que nos talents douteux pour la décoration de Noël s'amélioreraient d'année en année. Evidemment, c'était vain.

— Je sais, je sais, tempéra Yann. Promis, je m'assurerais que rien ne t'arrivera. Par ailleurs, cette mission nous donne le droit de choisir à qui nous offrons nos cadeaux cette année.

— Vraiment ? m'exclamai-je avec un vrai sourire.

Après la décoration du sapin, nous tirions au sort le nom de la personne à qui nous devions offrir un cadeau. L'an dernier, j'étais tombée sur Laura. J'avais eu toutes les peines du monde à lui trouver un présent décent, me rabattant à la dernière minute sur des places pour un spectacle.

— Vraiment. J'ai négocié, m'avoua-t-il, en laissant sa main dans le bas de mon dos.

Il m'entraîna sur sa gauche, vers un couloir monumental, mis en valeur par des peintures de maîtres. Mon corps commençait à se réchauffer doucement, plus grâce au contact du corps de Yann à proximité du mien qu'à l'intérieur surchauffé de l'hôtel.

— Devine qui je vais choisir…, murmura-t-il à mon oreille.

Je levai les yeux vers lui, retrouvant cette lueur étrange dans son regard. Comme au café, nous nous enfermâmes dans notre propre bulle pendant une courte seconde. La nervosité que j'avais ressentie en continu depuis deux jours était en train de se dissoudre, engloutie par la présence de Yann à mes côtés.

— Devine qui je vais choisir…, murmurai-je à mon tour.

— Je peux donc commencer à te suggérer certaines choses ? s'amusa-t-il.

— Tu peux. Mais il n'y a aucune chance que je t'écoute réellement.

— Tu es une ignoble petite personne, plaisanta-t-il.

— Dit-il à la fille qu'il a mis dix ans à inviter, soupirai-je dramatiquement.

Il coula un regard vers moi, un sourire flottant sur ses lèvres sans vraiment s'y attarder. Il resserra son bras autour de ma taille et nous pénétrâmes dans une grande salle, noire de monde. Yann donna nos noms à l'hôtesse, qui s'écarta finalement pour nous laisser entrer.

— Ne sois pas impressionnée, souffla Yann alors que je fixais, ahurie, le premier des biens mis aux enchères.

— Un week-end au Sheraton de Vancouver ?

— Ça pourrait être un cadeau de Noël idéal, suggéra Yann.

— Dans un monde où je suis la fille de Rockefeller, oui !

— Yann ! lança une voix masculine derrière nous.

Je me tournai vivement, pendant que Yann se figeait. Il retira son bras et se racla la gorge. Devant nous se planta un homme aussi grand que Yann, proche de la cinquantaine. Ses tempes grisonnantes le rendaient sympathique, mais son regard métallique durcissait inévitablement ses traits.

— Mon patron, m'avisa-t-il furtivement. Monsieur Gauthier ! sourit-il finalement en tendant la main.

— Yann, ravi de vous voir ici.

Le regard de l'homme se dirigea vers moi, me scrutant avec curiosité. Je risquai un petit sourire embarrassé, avant que Yann ne fasse finalement les présentations.

— Voici Emma, dit-il. Emma, c'est Harry Gauthier. Il est à la tête du cabinet.

— Enchantée, monsieur, articulai-je péniblement en tendant la main.

— Pareillement.

Sa main était moite, un peu désagréable. Il me fixait toujours, la curiosité n'ayant toujours pas déserté ses pupilles. Quand il libéra ma main, je compris finalement où était le problème. Yann n'avait donné que mon prénom, sans plus d'explication. Le malaise s'amplifia quand Yann me proposa d'aller nous chercher un verre.

Lâche ! râlai-je intérieurement tandis qu'il me laissait seule avec son patron.

— Que faites-vous dans la vie, Emma ?

— Je travaille dans un cabinet d'architecture.

— Un projet en particulier ? demanda-t-il, visiblement intéressé.

— En ce moment, le projet de restauration de la bibliothèque de l'université.

Je jetai un coup d'œil vers le buffet, où Yann attendait patiemment qu'on le serve. Je tentais de donner le change, mais les yeux de son patron sur moi me mettaient très mal à l'aise. Sa curiosité à mon égard, sa façon d'acquiescer à mes réponses me tourmentaient.

— Yann parle très peu de sa vie privée, lança-t-il.

— Son métier d'avocat le passionne, éludai-je.

— Je sais. Il est excellent dans ce qu'il fait.

Nos deux regards se dirigèrent en même temps vers Yann, qui revenait vers nous avec deux coupes de champagne. J'avais presque envie d'aller à sa rencontre, mais faire preuve d'impolitesse envers son patron n'était sûrement pas une bonne idée.

— Bonsoir monsieur Gauthier, résonna la voix de Thomas sur ma droite. Emma, me salua-t-il avant de m'embrasser rapidement sur la joue. Tu es superbe !

Je soufflai presque de soulagement en constatant que Thomas ne battait pas en retraite, *lui*. Il me fit un sourire et je priai pour que Thomas nous fasse dévier du sujet Yann.

— Thomas ! Vous connaissez l'amie de Yann ? s'étonna son patron.

— Nous avons fait connaissance récemment. Vous savez comment agit Yann, il garde toujours sa meilleure carte dans sa manche.

Je rougis instantanément, pendant que son patron riait de la mauvaise blague de Thomas. Je lançai un regard noir à ce dernier, réalisant maintenant que mon sauveur était en train de m'enfoncer un peu plus. Je me tordis les mains, attendant un signe divin qui me permettrait de me sortir indemne de ce guêpier.

— Je dois admettre que cette carte-là est sacrément convaincante, opina Harry Gauthier, me faisant rougir encore plus.

Thomas me jeta un regard, réalisant que j'étais vraiment embarrassée.

— Mme Gauthier est-elle ici ? demanda poliment Thomas.

— En coulisses, elle gère la vente aux enchères. D'ailleurs, je vais aller la retrouver.

Il vida le reste de sa coupe de champagne d'un trait et

la déposa sur une table derrière lui. Il me tendit la main, un sourire large ornant ses lèvres.

— Emma, je dois dire qu'une fois de plus, Yann a eu un meilleur argumentaire que le mien.

— Je vous demande pardon ? fis-je, consternée, ne prenant même pas la peine de lui tendre la main.

— Gardez-moi une danse, m'intima-t-il d'une voix douce.

Finalement, je saisis sa main, la serrai et il s'éclipsa avec ce fameux sourire ravi. Thomas se tourna vers moi, j'étais toujours en train de digérer la petite scène surréaliste qui venait de se passer.

— Champagne ! annonça Yann en m'offrant une coupe.

— Ne me refais plus jamais un coup pareil ! Tu es parti comme un lâche et maintenant ton patron veut danser avec moi !

— Elle lui a fait beaucoup d'effet, confirma Thomas.

— Ça ne m'étonne pas, sourit-il, pendant que son regard naviguait sur ma robe de soirée.

Yann finit par poser les lèvres sur ma tempe et murmura un faible « pardon » avant de m'embrasser. Pour être honnête, je n'étais même pas en colère contre lui, j'étais surtout sous le choc de ma rencontre avec son patron. J'étais partagée entre son aspect froid et son dernier sourire, plutôt chaleureux.

— Je ne voulais pas te mettre mal à l'aise, murmura Yann à mes côtés.

— Je sais. C'est juste que… Il est bizarre, non ?

— Un peu.

Une hôtesse annonça que nous passions à table et Thomas nous devança. Yann s'assura de laisser un espace suffisant entre lui et nous, avant de placer son bras autour de ma taille.

— Est-ce que tu m'en veux ? demanda-t-il.

— Bien sûr que non. Pourquoi ?

— Je n'ai pas très envie que notre premier rendez-vous soit aussi le dernier.

Je m'arrêtai net et me tournai vers lui. Observant son visage, je réalisai qu'il était vraiment inquiet, presque contrit même. Je réprimai un rire.

— Tu m'offriras des nems pour te faire pardonner, murmurai-je avec un sourire.

— Et tu trouves mon patron bizarre ? s'amusa-t-il en reprenant notre avancée vers notre table.

— Très !

Yann me tira ma chaise et, après m'être assise, la repoussa contre la table. Thomas était face à moi, pris dans une conversation avec une jeune femme brune.

— Thomas m'a dit que j'étais superbe ! avouai-je pour taquiner Yann.

— Je ne peux guère lui donner tort. Je crois que mon patron va nous regarder toute la soirée, me prévint-il.

Furtivement, je dirigeai le regard vers la table principale, où effectivement il nous fixait. Je lui fis un petit sourire, auquel il répondit, en levant son verre vers moi.

— Il est définitivement sous le charme, commenta Yann.

— Qui lui en voudrait ? renchérit Thomas avec un petit sourire amusé.

Mon regard s'orienta de nouveau vers Gauthier, qui parlait à voix basse à sa femme tout en nous observant. Soudain, sa femme regarda de nouveau dans notre direction, un sourire ravi aux lèvres. Je me crispai aussitôt, avant de me détendre légèrement, les doigts de Yann effleurant dans une douce caresse ma peau.

— Il est en train de comprendre pourquoi je ne suis

pas prêt à quitter le cabinet, m'expliqua finalement Yann avant de prendre une gorgée de son vin.

Je pivotai vers lui, stupéfaite. Yann avait de nouveau ce regard étrange et sombre. Il m'offrit un sourire gêné, pendant que je sentais mes joues s'enflammer de plus belle. Ma respiration me sembla plus lourde, mais je finis par me reprendre.

— Tu ne plaisantais pas ? m'enquis-je dans un murmure.

— A quel sujet ?

— Quand tu as parlé de… mes dons culinaires et de moi… et des autres…

— Où pourrais-je aller, Emma ?

— Ailleurs ! répondis-je, automatiquement.

— Ailleurs où tu n'es pas ? Je ne crois pas que je pourrais faire ça, murmura-t-il en secouant la tête.

— Moi non plus, avouai-je.

L'entrée fut finalement servie et cela détourna notre attention du sujet. L'atmosphère se détendit et gagna en naturel, notamment grâce à l'humour de Thomas. Quand ce dernier m'invita à danser, juste avant le dessert, j'acceptai avec joie, conquise par son sourire heureux.

— Il faut que je t'avoue un truc, dit-il en m'entraînant au milieu de la piste de danse. Dès mon premier jour au cabinet, je me suis demandé quelle tête tu pouvais avoir !

— Dès ton premier jour ?

— Ton prénom est sur le téléphone de Yann. Tout en haut de la liste, en numérotation rapide, expliqua-t-il.

— Il est aussi en numérotation rapide chez moi, souris-je. Est-ce que ma tête te convient ?

— Je le voyais plus avec une grande blonde, un peu… autoritaire ! Mais je te rassure, vous êtes parfaitement assortis. Comment vous êtes-vous rencontrés ?

— A la fac. Grégoire était en seconde année et Julie

en première. Julie était ma colocataire et Yann celui de Grégoire. Pas très original !

Je souris au souvenir de notre rencontre et des trois années que j'avais passées sur le campus avec mes meilleurs amis. Julie était hilarante, incroyable, pleine de la fougue que j'aurais aimé avoir. Et Grégoire était si protecteur envers elle.

— Julie et Grégoire sont un peu comme la famille pour moi, précisai-je, toujours en souriant.

— Pas Yann ?

— C'est différent. Je ne saurais pas vraiment l'expliquer, répondis-je en haussant les épaules.

— Il nous observe, murmura Thomas à mon oreille.

— Qui ? Son patron ? fis-je, paniquée.

— Non, Yann.

Thomas me fit pivoter dans un mouvement fluide et je retrouvai le regard de Yann, me fixant ardemment. Le menton emprisonné entre son pouce et son index, il semblait perdu dans ses réflexions. Il passa une main dans ses cheveux, soupirant, avant de se resservir un verre de vin.

— Emma, si tu as une quelconque amitié pour lui, ne lui fais pas ça.

— Lui faire quoi ? demandai-je tandis que je pivotais de nouveau, tournant le dos à Yann maintenant.

— Lui faire croire que c'est possible.

— Je peux ? nous coupa la voix de Yann, me faisant presque sursauter.

Thomas cessa notre danse et je soupirai, soulagée. Cette conversation avec Thomas était déroutante. Ce dernier se contenta de sourire et d'acquiescer avant de déposer ma main dans celle de Yann.

— Ravi d'avoir pu parler avec la numéro 1 de la liste, dit-il avec une pointe d'humour dans la voix.

— De quoi parle-t-il ? m'interrogea Yann alors que Thomas s'éloignait.

— De rien.

Yann posa la main dans le creux de mon dos, juste au-dessus d'une zone nettement plus intime. M'attirant contre lui, je calai ma joue à hauteur de sa mâchoire. Doucement, nous dansâmes, hermétiques au reste du monde. Yann me serra un peu plus contre lui, ses lèvres effleurant épisodiquement la peau de mon épaule. La musique changea, passant à un rythme plus enlevé, mais nos deux corps ne suivirent pas. Nous avions notre propre cadence.

Les yeux clos, je me laissais bercer par Yann, resongeant furtivement à notre première rencontre à l'université.

— Je suis désolé, murmura-t-il après un long silence.

— De quoi ?

— De t'avoir traînée ici. J'aurais dû prévoir… Et mon boss qui ne cesse de te regarder, c'est absolument…

— Flatteur ? le coupai-je.

— Indécent, corrigea-t-il.

Je levai les yeux au ciel, tandis que Yann reprenait notre mouvement de balancier, toujours à contretemps du rythme de la musique. Un large sourire aux lèvres, je fixai le regard de Yann. Il finit par sourire à son tour, enfin un peu plus détendu.

— Il te déshabille du regard, grogna-t-il.

— N'est-ce pas ce que tu faisais quand tu es venu me chercher ?

— Tu as trouvé ça indécent ? demanda-t-il, surpris.

— Pas plus indécent que ta main qui glisse en zone

défendue, soulignai-je, tout en m'approchant un peu plus de lui.

— Pourrais-je un jour te surprendre vraiment ? s'amusa-t-il.

— Tu m'as surprise en m'invitant ici. Et Thomas vient de me dire que j'étais tout en haut de la liste des numérotations rapides à ton bureau. Ce n'est pas si mal !

— Mais pas suffisant sûrement. T'ai-je déjà dit que tu étais superbe ?

— Pas depuis un moment.

— Tu es superbe, Emma.

Toujours blottis l'un contre l'autre dans un rythme lent, je relevai les yeux vers Yann. Il passa la langue sur ses lèvres et, aussitôt, le marathon reprit. Mon cœur battait trop vite, trop fort.

— Tu n'es pas une fille facilement impressionnable, reprit-il.

— Peut-être. Mais quand ton patron me dit que tu es excellent dans ton travail, je suis vraiment impressionnée. Et fière, même, ajoutai-je.

Il s'arrêta net et nous nous retrouvâmes immobiles, au milieu de la piste de danse, entourés par tous les invités. La main de Yann quitta mon dos et un léger espace entre nous deux apparut. Son regard se voila et il fronça les sourcils. Il saisit ma main et me tira vivement hors de la piste. Je trébuchai presque derrière lui, empêtrée dans ma robe et mes talons. Nous sortîmes de la salle, sous les regards surpris des autres invités. Dans le hall, Yann récupéra mon manteau et le posa rapidement sur mes épaules. De la poche de son pantalon, il sortit le ticket du voiturier et le donna au chasseur à l'entrée.

— Où va-t-on ? demandai-je, un peu nerveuse.

— Chez toi.

— Et le week-end au Sheraton ? m'offusquai-je faussement, les poings sur les hanches.

— Un jour, peut-être, répondit-il avec un léger sourire, tout en tapotant mon menton du bout de l'index.

Le voiturier gara l'Audi juste devant les marches de l'hôtel et m'ouvrit la porte. Yann contourna la voiture et s'installa au volant, lançant le chauffage dans la seconde. Quand la portière se referma sur moi, Yann m'offrit un sourire éblouissant et, pour la première fois de la soirée, ses traits se détendirent enfin.

Chapitre 5

♪ *Moonlight Serenade* ♫

— Dieu merci ! soupirai-je en m'appuyant contre le mur de ma cuisine pour retirer mes chaussures.

Je me débarrassai de mes talons avec un soulagement certain. Ces trucs faisaient un mal de chien, mais, pour Yann et sa soirée, je m'étais sacrifiée. Yann, en face de moi, desserra sa cravate et déboutonna son col ainsi que ses poignets.

— Ça te dérange si j'opte pour quelque chose de plus confortable ? demandai-je en massant la plante de mon pied gauche.

Yann leva un sourcil et je m'empourprai immédiatement. Le pyjama. Evidemment.

— Aucun problème, Emma, répondit-il d'une voix un peu éraillée.

— J'aurais dû m'en douter !

Il y eut un court silence pendant lequel Yann et moi nous nous fixâmes sans vraiment savoir pourquoi. J'avais envie de rire, de me laisser aller et de retrouver mes automatismes avec lui. Pourtant, quand il fit un pas vers moi, je remarquai un changement presque imperceptible.

Son regard, sa façon de pencher un peu la tête, sa démarche féline ou peut-être le haut de son torse que sa chemise ouverte dévoilait.

Comme si maintenant, je n'avais plus Yann devant moi, mais un autre homme, puissamment attirant.

— Tu veux de l'aide ? Pour ta robe, précisa-t-il en voyant que je ne comprenais pas.

— Oh. Euh… Je pense que… En fait, je…

— Emma ?

— D'accord, soufflai-je en me fustigeant d'être aussi nerveuse.

— Tourne-toi.

Je m'exécutai, le souffle court, mon cœur menaçant d'exploser dans ma poitrine. Ses doigts caressèrent la peau de mes épaules. Haletante et entourée par un silence presque oppressant, je laissai Yann ouvrir chacun des boutons avec une lenteur extrême. Après le froid tétanisant à l'extérieur, c'est la chaleur qui me frappa. Mes joues rouges me brûlaient et le contact, même furtif, des doigts de Yann le long de ma colonne vertébrale m'électrisait.

Je me tournai pour lui faire face, maintenant la robe sur ma poitrine, avant de me sauver, sans oser lever les yeux sur lui, vers ma chambre. Je refermai la porte derrière moi et m'y adossai. Qu'étions-nous en train de faire ? Soupirant lourdement, je retirai ma robe et mes dessous, avant d'enfiler mon pyjama habituel.

A mon retour, Yann était installé sur le canapé, pieds nus, sa chemise partiellement hors de son pantalon, la télécommande sur les cuisses. La façon dont il se mettait à l'aise chez moi me fit sourire.

— Qu'est-ce qu'on regarde ?

— J'ai mis de la musique.

Je m'assis près de lui, me lovant, comme à mon habitude, dans ses bras. Je finis par me redresser, la position provoquant une vague douleur dans mon dos, avant de me réinstaller, m'allongeant sur le canapé, la tête sur les jambes de Yann.

Il passa la main dans mes cheveux, ses yeux rivés sur un clip kitsch des années 1980, pendant que moi, je fixais sa mâchoire éclairée faiblement par la télévision. Je ne m'étais jamais voilé la face concernant Yann : il était vraiment superbe, faisant partie de ces hommes virils et dont la meilleure arme était le sourire franc.

— A quoi penses-tu ? demanda-t-il.

— Rien de particulier, souris-je.

— Tu ne sais pas mentir, Emma.

Ses yeux se braquèrent sur mon visage, avant de glisser lentement sur mon cou et le haut de mon décolleté.

— A quoi penses-tu ? demandai-je à mon tour.

— Rien de particulier.

— Tu ne sais pas mentir, Yann.

— Je sais faire plein d'autres choses, plastronna-t-il.

Sa main quitta mes cheveux et, du bout de l'index, il effleura ma joue. Mon souffle devint quasiment inexistant, comme si j'entrais dans une apnée profonde. Mon estomac se vrilla et je me décidai à me redresser pour lui faire face.

— Comme quoi ? soufflai-je.

— T'impressionner. Deux fois, rien qu'en une soirée, je dois admettre que mon ego est gonflé à bloc.

— Quoi d'autre ?

— Danser avec toi.

— En effet.

Son regard se voila un peu, plongeant dans le mien. Yann avait raison, je ne savais pas mentir, et je savais encore moins canaliser mes émotions. Faire comme si je ne voyais pas ce qui était en train de se passer entre lui et moi aurait été idiot et hypocrite.

— Te retirer ta robe, murmura-t-il. Même si je dois admettre que je songeais le faire dans d'autres circonstances.

— Ce n'était pas si mal, chuchotai-je en approchant doucement de lui.

— Pas si mal, répéta Yann. Il y a donc une marge de progression ?

J'opinai doucement et, l'instant suivant, les lèvres de Yann se posèrent timidement sur les miennes. Je fermai les yeux un bref instant à leur contact. Légères, presque imperceptibles. Yann s'écarta et mes yeux se rouvrirent sur l'immense sourire qui barrait son visage.

— T'embrasser, dit-il en posant la main sur ma joue.

De nouveau, j'acquiesçai, le sourire de Yann s'élargissant. J'avais la sensation que nous avions crevé l'abcès. La sensation de malaise ne m'étreignait plus. Le soulagement, et peut-être même une forme de joie me gagnaient.

— Là encore, il y a une marge de progression, murmurai-je.

Yann m'attira contre lui, sa bouche se refermant sur la mienne. Instinctivement, j'agrippai ses avant-bras, avant de me propulser en avant et me retrouver à califourchon sur ses cuisses. La télécommande tomba au sol dans un bruit sourd, tandis que la langue de Yann s'immisçait doucement entre mes lèvres.

Ses mains se posèrent à hauteur de mes hanches, m'évitant ainsi de basculer en arrière. Mes mains accrochèrent ses épaules tandis que Yann, légèrement redressé, taquinait ma langue de la sienne. Il resserra sa prise autour de moi, m'attirant contre son corps dans un gémissement. Nous nous serrâmes l'un contre l'autre, ma poitrine écrasant son torse, mes lèvres reprenant le contrôle sur le baiser qu'il avait initié.

Après avoir laissé Yann mener la danse — m'invitant à ce rendez-vous, plaidant sa cause et notre relation —, je reprenais les rênes. Mes doigts remontèrent jusqu'à sa nuque, jouant avec la base de ses cheveux. Je devinai son sourire sur mes lèvres et je m'écartai finalement, un sourire aussi large que le sien flottant sur mon visage.

Ses yeux brillants plongèrent dans les miens, avant de descendre lentement jusqu'à ma gorge et d'atteindre le minuscule décolleté de mon pyjama. Le souffle court, je retirai la main de sa nuque et la posai sur sa poitrine. Sous sa peau, je sentis le battement frénétique de son cœur et, pendant un bref instant, il ferma les yeux.

— Un problème ? demandai-je en l'entendant exhaler un profond soupir.

— Tu es sur moi, annonça-t-il en faisant glisser les mains sur mes cuisses.

Il atteignit l'arrière de mes genoux, pendant que ma gorge s'asséchait. Il fixa ses mains et les bougea, remontant le long de mes cuisses très lentement, avant d'atteindre mon bassin. Sondant furtivement mon regard, il continua son avancée, ses doigts effleurant ma peau en passant sous mon haut.

— Et j'aime ça, reprit-il.

Je bougeai légèrement, ma peau chatouillant et picotant agréablement à l'endroit où ses doigts se promenaient. J'étais toujours haletante de notre baiser et sentir le contact léger et doux de Yann sur moi fit repartir mon cœur dans un rythme effroyable.

— Dis-moi si…

— Non, continue, soufflai-je, hors d'haleine.

Après mon ventre, Yann retrouva mes hanches et ses doigts caressèrent le bas de mon dos. Je me cambrai légèrement, me mordant les lèvres pour retenir un couinement pathétique. Le regard de Yann accrocha le mien. Sombre, puissant, irrésistible, il me fixait intensément, l'incrédulité des premiers instants laissant place à un monde de possibilités s'ouvrant devant nous.

Sa main gauche quitta mon dos et entoura ma nuque, avant de m'attirer violemment contre lui. Sa bouche captura la mienne dans un baiser nettement moins chaste que le premier. Le désir, l'envie, le besoin, l'appartenance, tout se mêlait dans ce baiser, provoquant un raz-de-marée gigantesque et anéantissant ainsi l'amitié platonique qui me liait à Yann.

— Emma, murmura-t-il sur mes lèvres alors que je me redressais légèrement.

— Oui ?

— Est-ce que…

— C'est ce que je veux, assurai-je.

Il libéra ma nuque et plaqua les deux mains sur mes fesses, m'attirant encore un peu plus vers lui. J'étouffai un cri de surprise et Yann réitéra son geste, mon bassin frottant délicieusement contre le sien.

Je remuai légèrement, accentuant la pression de nos deux corps. Mes lèvres caressèrent son cou, parfaitement lisse d'un rasage trop récent. Son parfum épicé, poivré me stimula encore plus et, quand il bascula la tête en arrière, nos dernières barrières cédèrent. Les palpitations de mon cœur et la fougue qui m'habitait me rendirent audacieuse. J'attrapai sa chemise et la tirai violemment pour la sortir complètement de son pantalon.

Yann se redressa, comme s'il se relevait d'un K.-O. sur

un ring de boxe, et observa le mouvement frénétique de mes mains. Après avoir libéré les pans de son vêtement, je me concentrai, les mains encore tremblantes, sur le premier bouton de sa chemise.

— Emma, on n'a pas à faire ça, murmura-t-il, sans m'empêcher de poursuivre.

— Je ne crois pas que le dilemme du premier soir s'applique entre toi et moi, répondis-je en faisant sauter le premier bouton.

Je m'attaquais déjà au second, entendant la respiration sifflante de Yann sous moi. J'écartai doucement les pans de sa chemise ouverte, découvrant le haut de son torse. Il se cramponnait toujours à mes fesses, me maintenant dans une position précaire, mais au plus près de lui.

Le troisième, puis le quatrième bouton cédèrent, la chemise de Yann s'ouvrant largement. Sa poitrine se soulevait de façon spasmodique et, dès que je l'effleurais, ses muscles se crispaient violemment. Repoussant ses mains avec douceur, j'embrassai son torse, jusqu'à sa gorge.

Il frissonna sous moi, avant de grogner en sentant mes dents érafler son menton. Je retrouvai ses lèvres, entourant sa nuque de mes mains. Malgré tous mes efforts, Yann parvint à me dominer, ralentissant le rythme et imposant à ma langue d'être cadencée à la sienne. Ses mains remontèrent dans mon dos, atteignant ma nuque dans une étreinte tendre. Je creusai légèrement les reins, l'incitant à poursuivre.

De nouveau, il souffla mon prénom sur mes lèvres et mordilla mon cou, avant de m'arracher un cri. Ses mains redescendaient, griffant ma peau dans une douleur incroyablement sensuelle. L'excitation de Yann s'accrut et j'ondulai volontairement des hanches dans le vain espoir de soulager la pression qui me taraudait.

— Encore, souffla-t-il, en remontant rapidement les mains avant de racler de nouveau ma peau de ses ongles.

— La… chambre, murmurai-je, haletante.

Il saisit l'ourlet de mon haut et le tira pour m'en débarrasser. Je levai docilement les bras, sentant le tissu un peu rêche frotter sur ma peau devenue trop réceptive. A moitié nue devant Yann, je ne pouvais plus faire marche arrière. A l'instant où j'étais arrivée sur ses cuisses, notre amitié avait volé en éclats. Maintenant, je voulais plus.

Ou peut-être que je le voulais autrement. Parce que Yann avait toujours été dans ma vie, depuis ces dix dernières années, et que je n'avais jamais pris conscience d'à quel point les choses auraient pu être différentes.

Je relevai les yeux sur Yann, qui promenait son regard sur moi. Sa langue passa sur ses lèvres un peu gonflées tandis que ses mains se crispaient un peu plus sur mes cuisses. Quand, finalement, il sortit de sa torpeur, il saisit mon visage entre ses mains et m'embrassa comme un damné. Je me penchai en arrière, surprise par son assaut, avant de comprendre qu'il était en train de nous soulever.

— Attends, je…, murmurai-je en tentant de descendre.

— Non, Emma. Je t'interdis de t'écarter de moi. Au moins pour cette nuit, compléta-t-il.

Il saisit mes fesses, les plaqua contre lui et se leva. Crochetant les mains autour de sa nuque, j'écrasai ma poitrine contre son torse, avant de l'embrasser. Embrasser Yann était devenu une sorte d'expérience addictive.

Ses mains caressant mes cuisses, il contourna la table basse, sortit du salon et, après quelques pas, se retrouva dos à la porte de ma chambre. Heurtée par un magistral coup de pied, elle s'ouvrit et Yann me bascula sur le lit. Je mis un instant à m'habituer à la pénombre de la chambre, seulement éclairée par les lampadaires de la rue.

Le contact froid du drap sur mon dos me fit frémir, mais pas autant que les mains de Yann, enserrant soudainement mes chevilles pour me tirer vers lui. Un rire s'échappa de ma gorge et s'amplifia quand je me retrouvai face à Yann, à genoux sur le lit entre mes jambes.

— Quelque chose t'amuse ? demanda-t-il, tout sourires, en me surplombant, les mains de part et d'autre de mon visage.

— Je ne pensais pas que… Pourquoi as-tu encore ta chemise ? l'interrogeai-je en fronçant les sourcils.

— Parce que tu es moins efficace que moi.

Mon sourire s'élargit, à l'image du sien, et je me redressai sur les coudes pour repousser sa chemise. J'en profitai pour passer les mains sur ses épaules larges et viriles, avant de l'attirer pour un nouveau baiser. Je le sentis sourire contre moi et un éclat de rire s'échappa de nos gorges respectives.

— Je crois que c'est de te voir nu, expliquai-je finalement.

— Je ne suis pas nu.

— Tu vas l'être d'ici peu, promis-je.

— Toi d'abord. Et je t'assure que si tu ris encore en me voyant nu, je vais finir par être vexé.

— Pourquoi ris-tu, toi alors ?

— Parce que c'est nettement plus simple et plus évident que ce que j'imaginais. Je suis… ébahi.

Ses doigts coururent de nouveau sur ma peau, réveillant brutalement mon corps. La vague de chaleur me surprit presque, faisant rougir mes joues, ma gorge, tandis que Yann continuait de m'explorer du regard. Mes seins se gonflèrent rien qu'en sentant ses yeux sur moi et je me cambrai légèrement quand il effleura mes côtes.

— Je sais ce que je veux pour Noël, souffla-t-il en agrippant mon bas de pyjama.

— Ne sois pas si…

— Toi, finit-il en tirant mon pyjama le long de mes jambes.

D'un geste vif, il envoya derrière lui mon vêtement. Son regard navigua sur ce qu'il n'avait pas encore vu de moi, s'arrêtant furtivement sur mon bas-ventre et provoquant une contraction délicieuse de mon corps. Finalement, il retrouva mes yeux et la lueur que j'y décelai me fit haleter. Il me dévorait du regard.

— Qu'allais-tu dire ? s'enquit-il en embrassant la peau de mon cou.

— Cliché, soufflai-je difficilement… Ne sois pas si cliché.

— Je ne vais pas m'excuser pour ça. Et d'ailleurs, j'ai déjà prévu de t'embrasser sous le gui !

Ses lèvres glissèrent sur mon épaule. Instinctivement, je remontai les jambes, encerclant de manière possessive ses hanches. Le frottement de son pantalon contre mon intimité me tira une grimace et, très vite, mes doigts trouvèrent sa ceinture.

— Je tiens toujours mes promesses, murmurai-je en sentant le bouton céder.

— Une qualité que j'apprécie chez toi.

D'un même mouvement, je tirai sur son pantalon et son boxer, m'aidant ensuite de mes pieds pour l'en débarrasser. Yann se souleva légèrement pour faciliter la manœuvre et, quand il retrouva sa position initiale, son corps chaud recouvrant le mien, je sentis cet agréable frémissement.

— Est-ce que ça va ? s'inquiéta-t-il en scrutant mon visage.

— C'est… parfait, soufflai-je. Et je n'ai plus envie de rire !

Le coin gauche de sa bouche se souleva dans un petit sourire ravi. Mes mains remontèrent le long de son dos, la tension de ses muscles s'évacuant petit à petit. Quand j'arrivais finalement à sa nuque, puis à son cuir chevelu, Yann pencha la tête, accentuant ma caresse, les yeux mi-clos. Je me surpris à sourire, stupéfaite de la facilité avec laquelle nous explorions nos corps. J'avais déjà eu l'occasion de voir Yann torse nu, mais le toucher, le caresser, être aussi intime et à l'aise avec lui semblait naturel.

— Tu souris encore, constata-t-il en passant son pouce sur ma bouche.

— Pour la même raison que toi.

Il embrassa furtivement mes lèvres et son corps bougea contre le mien. Je m'entendis gémir bruyamment, mon ventre se contractant d'anticipation. Comme il l'avait fait avec ses mains, Yann partit à l'exploration de mon corps avec ses lèvres. Mon corps, excité après notre séance découverte sur le canapé, se réveillait progressivement. Lascive sur mon lit, j'appréciais le moment, toujours étonnée de sentir la bouche de Yann sur une nouvelle partie de mon corps. Après qu'il eut effleuré doucement mon avant-bras, je fus parcourue d'un chaud frisson de plaisir, galopant le long de mon échine, jusqu'à mes reins. Je me cambrai légèrement, espérant inciter Yann à gagner une zone encore plus sensible.

Le lit bougea et je devinais qu'il changeait légèrement de position. Il embrassa mon ventre, la pointe de sa langue titillant mon nombril avant de poser ses lèvres juste au-dessus de mon intimité. La vague de chaleur reprit vigueur, colorant mes joues et ma poitrine, avant de brûler mon intimité.

— Yann, gémis-je, incapable de tenir en place.

Délicatement, il embrassa mon entrejambe, plaçant les bras autour de mes cuisses pour me maintenir. Je me cambrai de nouveau, le soulagement se disputant à l'excitation. Je baissai furtivement les yeux. Si je n'avais pas vraiment vu Yann, à cause de la pénombre et de mes yeux résolument clos, je l'observais maintenant, son regard bleu azur plongeant dans le mien. Il planta un nouveau baiser, s'assurant que je le regardais faire, attisant un peu plus mon excitation. Il réitéra la manœuvre plusieurs fois, se délectant visiblement de sentir les effets de sa caresse.

— Tu es tellement chaude, souffla-t-il sur mon intimité.

La vibration de sa voix contre ma peau me tira un léger cri. Il ne m'avait pas encore réellement touchée et pourtant je réagissais au quart de tour. Ma respiration était devenue incontrôlable, mon corps me brûlait de l'intérieur, réclamant pitié. Je me savais déjà au bord du gouffre, les digues allaient finir par céder, m'emportant trop vite.

Aussi, quand la langue de Yann courut le long de ma fente, je fus presque surprise de ne pas exploser dans l'instant. Maintenue par ses mains, je ne bougeais plus vraiment, mais mon intimité palpitait violemment. Sans me laisser le temps de me reprendre, Yann me lécha de nouveau, remontant avec une lenteur atroce.

— Yann ! râlai-je, en basculant la tête en arrière.

— Oui, Emma ?

— Tu… Tu… Bon sang, oui ! geignis-je en sentant son souffle frais balayer mon sexe.

Je fermai les yeux durement, il fallait que je me retienne. Je tremblai un peu, mes mains serraient violemment le drap sous moi. La respiration courte, Yann en profita pour plonger sa langue en moi, écartant avec une maîtrise incroyable les plis de mon intimité. La chaleur se propagea dans tout mon corps à une vitesse hallucinante.

Haletante et à bout de forces, je décidai d'abandonner la lutte quand il trouva la partie la plus sensible de mon anatomie. Si ses caresses avaient été douces, tendres, à la limite de la timidité au départ, désormais, il me dominait. Sa langue dessinait des cercles sur mon clitoris dans une délicieuse et intenable torture, me tirant des gémissements éhontés.

— Yann, Yann, Yann, scandai-je dans une ultime prière.

Il s'arrêta net, relevant les yeux vers moi. Il savourait sa victoire, un sourire ornant ses lèvres humides de mon excitation. Pendant une courte seconde, je crus qu'il allait me laisser pantelante et insatisfaite. Mais il resserra un peu plus sa prise sur mes jambes et, après un dernier sourire carnassier, sa bouche retrouva mon intimité pour suçoter ma chair sensible.

Mon corps trembla avant de se tendre violemment. Le désir déferla dans mes veines, réveillant ma peau, atomisant mes dernières pensées cohérentes. Les paupières closes, je cherchai mon souffle, mon cœur pris dans un emballement frénétique. Yann rampa au-dessus de moi, se léchant les lèvres avec gourmandise.

— Comme je l'imaginais, murmura-t-il en plongeant son regard fiévreux dans le mien.

Posant les mains sur ses joues, je l'attirai contre moi et lui volai un baiser fugace. Je me léchai les lèvres à mon tour, devinant un léger goût de sel. Yann grogna de surprise et, chassant la fatigue post-orgasme, je le basculai sur le dos, observant son sexe tendu et plaqué contre son ventre.

— A mon tour, soufflai-je.

— Je mène, gronda-t-il en m'agrippant les hanches pour me faire basculer en arrière.

J'avais la tête dans le vide. Yann me tira un peu en avant, avant de me recouvrir de son corps. Son bassin frotta contre le mien et le bout de son sexe effleura mon intimité encore pas tout à fait remise de son traitement.

— Je recommencerai, Emma, assura-t-il. Mais pour le moment, je veux être en toi et je veux te montrer à quel point cela peut être…

— Incroyable ? finis-je pour lui.

— Tu regonfles encore mon ego ?

— Ce n'est pas ton ego qui m'intéresse pour le moment.

Il leva un sourcil coquin à mon intention, ravalant le sourire goguenard qui lui venait. Du bout de mon index, j'effleurai la ligne de sa mâchoire et l'atmosphère changea, passant en une seconde de la décontraction la plus totale à une forme de tension inédite.

— Montre-moi alors, soufflai-je.

— Je ne sais pas si je peux… durer, hésita-t-il. J'ai envie de te dévorer et…

— Tout ira bien. Et je te promets de recommencer, souris-je en espérant limiter cette soudaine appréhension.

Je relevai légèrement les hanches pour l'inciter à lancer les hostilités. Yann caressa l'arrière de mes cuisses, pendant que son sexe frottait toujours contre le mien, ravivant les braises de mon excitation. J'avais envie de lui, de le sentir en moi, sur moi, que nos deux corps se retrouvent imbriqués naturellement l'un dans l'autre. Parce qu'à mes yeux, être avec Yann devenait une évidence.

Prenant appui sur les mains, il s'enfonça lentement en moi. Ses yeux vrillèrent les miens, s'assurant que tout allait bien. Mais il était loin de la vérité, car c'était mieux que bien. C'était… Noël avant l'heure. Mon sexe se contracta autour du sien et Yann nicha la tête dans mon cou.

— C'est… tellement… bon, souffla-t-il.

Mes mains s'accrochèrent à ses épaules, pendant que Yann commençait à bouger au-dessus de moi. Je gémis lourdement en le sentant ressortir complètement de moi, avant de revenir aussi lentement que possible.

— Tu vas me tuer, murmura-t-il, alors que je me cambrais pour mieux le recevoir.

— J'ai deux ou trois idées, opinai-je avec un sourire.

Pour toute réponse, il poussa son sexe dans le mien, le dirigeant sur une zone ultrasensible. J'hoquetai un « non », prise par surprise.

— Non ? s'enquit-il en réitérant son geste.

— Si, soufflai-je, extatique. Juste… ici…

Je fermai les yeux. Mon premier orgasme avec Yann avait été inattendu et m'avait libérée de mes derniers doutes. Celui-ci promettait d'être dévastateur, d'une puissance inédite. Je me tordais déjà de plaisir sous Yann, qui m'observait, jaugeait mes réactions, y répondant avec son corps. Il ne me laissait aucun répit et sa respiration se calqua bientôt sur la mienne : lourde, pénible, presque douloureuse.

Agrippant mes cuisses, il souleva légèrement mes fesses, s'enfonçant plus profondément en moi dans un grognement viril. C'est à cet instant que je compris que tout changerait entre nous désormais. Qu'il y aurait un « avant cette nuit » et un « après cette nuit ».

Il augmenta le rythme, allant et venant, encore et encore. Il ne jouait plus avec mon plaisir, mais cherchait à le rendre plus fort, plus puissant. Je me cambrai au maximum et mes muscles se contractèrent un à un, annonçant l'imminence de l'orgasme. Je plantai les ongles dans les épaules de Yann, qui ne sembla pas s'en offusquer.

— Maintenant ! gronda-t-il.

Sa voix rauque, alliée à la rencontre frénétique de nos deux bassins, libéra mon orgasme. A bout de souffle, je n'avais même plus la force de crier. La chaleur se diffusa dans mon corps très lentement, pendant que mes muscles ankylosés se crispaient autour de Yann. Ce dernier s'enfonça une dernière fois, murmurant mon prénom, avant de jouir. Les traits de son visage se détendirent immédiatement et il retomba sur moi, épuisé.

Je fermai les yeux à mon tour, me laissant porter par les dernières vagues de mon orgasme. Toujours enroulée autour de Yann, je le sentis se retirer et je grimaçai à cette perte de contact.

— Je ne veux pas t'écraser, dit-il en posant un tendre baiser sur mon front.

Sans me laisser le temps de réagir, il m'attira contre lui. Ma tête reposait à hauteur de sa poitrine et ses battements de cœur affolés me firent sourire. Sa main caressait mon dos tendrement, signalant le retour au calme de nos corps brûlants.

— Je ne plaisantais pas tout à l'heure, dit-il finalement après un silence confortable.

— A quel sujet ?

— Pour Noël. C'est toi que je veux. Je le savais avant. Mais maintenant, je n'imagine même pas ne pas ressentir ça de nouveau.

— Je l'ai senti aussi, avouai-je en me redressant pour voir son visage. C'était… incroyable.

— Le meilleur premier rendez-vous de toute ma vie, sourit Yann. Et je ne crois pas en vouloir d'autre. Ce qui me fait penser… tu couches au premier rendez-vous ? demanda-t-il, étonné.

— Tu couches sur ton Audi ? ripostai-je avec un sourire.

— C'est arrivé une seule fois, et c'était loin d'être mémorable. En tout cas, ça ne valait pas ce que j'ai fait avec toi ce soir.

Je frissonnai légèrement et Yann se redressa pour

gagner le haut du lit. Soulevant la couette, il y glissa son corps nu et tendit la main pour m'accueillir auprès de lui. Je lui tournai le dos et, automatiquement, il m'entoura de ses bras, déposant des baisers dans mon cou. Son corps chaud contrastait avec le mien, rafraîchi par la température de la pièce.

— Je rêvais d'être réincarné en pyjama, se moqua Yann en sentant mes pieds glacés caresser les siens.

— Tu me trouvais pourtant chaude tout à l'heure, murmurai-je.

— Grâce à moi. Et juste pour moi, ajouta-t-il un ton plus bas. Je ne pensais pas que… En fait, mon seul défi de la soirée était de ne pas te faire fuir !

— Pourquoi aurais-je fait ça ?

— Parce que tu as paniqué quand je t'ai invitée. Alors… Je ne sais pas, je suis surpris.

Mon corps se réchauffait doucement pendant que je réfléchissais à ce que disait Yann. Je n'avais aucune idée du motif de mon changement d'humeur. Perdre Yann, perdre mon amitié avec lui m'avait littéralement paniquée. Ne pas le voir pendant deux jours n'avait fait qu'accentuer ce sentiment.

— Parce que je savais que ce rendez-vous allait changer tout un tas de choses. Je préfère me dire que les choses ont changé dans le bon sens, ajoutai-je dans un souffle.

— Donc, ça ne te semble plus si bizarre ? s'amusa Yann derrière moi.

— Non. Au contraire, ça me semble… évident, balbutiai-je. Je suis du genre maladroite, pénible et…

— … nerveuse, finit-il pour moi. Tu n'étais pas nerveuse ce soir. Aurais-je des pouvoirs apaisants sur toi ?

— Ta langue a des pouvoirs apaisants, répondis-je sans même réfléchir.

Un rire lui échappa et il resserra son étreinte, me serrant contre lui avec un nouveau soupir de contentement. Je bougeai légèrement, sentant son sexe reprendre vigueur contre mes fesses. Yann grogna légèrement, mais ne fit rien pour éviter mon contact.

— Pourquoi avons-nous attendu aussi longtemps ? s'interrogea Yann à voix haute.

— Je suis une peureuse. Quelle est ton excuse ?

— Je suis aveugle. Ou crétin, je ne sais pas encore.

De nouveau, il embrassa mon cou et sa main, sagement placée sur mon ventre, remonta vers ma poitrine. Il prit en coupe un de mes seins et en agaça le mamelon. Mon excitation remonta en flèche, me faisant remuer. Yann me plaqua contre lui, me maintenant immobile, et suçota ma peau juste derrière l'oreille.

J'étouffai un cri dans ma gorge, mon entrejambe déjà humide et honteusement pressé contre le sien.

— Crétin, sûrement, murmura-t-il après deux minutes de délicieuse torture.

— Dis-moi. Dis-moi, comment…

J'enroulai un bras autour de sa nuque, attirant sa bouche contre la mienne. Je rougissais tandis que le sexe de Yann, calé entre mes fesses, se tendait un peu plus.

— Mon patron, murmura-t-il, sa main reprenant sa place sur mon ventre. Il m'a proposé une promotion assortie d'une mutation, j'ai refusé.

— Et ta carrière ? m'écriai-je, choquée.

— Emma, la seule chose qui compte pour moi, en ce moment, c'est toi. Pas ma carrière, pas l'argent ou même les autres. C'est toi.

— J'ai donc une forme de superpouvoir sur toi ? souris-je.

— Tu n'as pas idée. Tout un tas, ajouta-t-il en glissant sa jambe entre les miennes.

Cette nouvelle position accentua notre proximité. Yann et moi étions collés l'un à l'autre, au milieu du lit, et c'était sûrement l'endroit le plus confortable du monde.

Et le plus excitant, si j'en croyais la main de Yann qui descendait vers mon bas-ventre. Je me cambrai un peu, écartant les jambes pour lui laisser un accès plus large. Ses doigts frôlèrent mes cuisses, avant de s'arrêter sur mon intimité. Je repoussai la couette, presque rageusement, la chaleur étant devenue brutalement étouffante.

— Déjà prête ? demanda Yann en caressant ma fente.

— Toujours pour toi, marmonnai-je.

— Rien que pour moi, assura-t-il d'une voix ferme et possessive. Sens-tu comme j'ai envie d'être en toi ? demanda-t-il en accentuant la pression de ses doigts.

Lentement, il enfonça un doigt en moi, me tirant un cri de soulagement. Dire que j'avais envie de lui aurait été réducteur. On s'approchait plus du besoin primaire et animal. Faire l'amour avec Yann avait été une révélation, maintenant, j'en voulais encore plus. Plus de lui, de son parfum sur ma peau, plus de son corps contre le mien.

— Plus, implorai-je.

Mais Yann gardait son rythme lent et doux, totalement à contre-courant de ce que me faisait sa bouche, alternant succions et mordillements sur mon épaule. Haletante, je me décidai à reprendre le contrôle, quitte à forcer Yann et ses mains à me donner le plaisir que je réclamais. Posant ma main par-dessus la sienne, j'imprimai un mouvement plus soutenu, sentant déjà une forme de soulagement apparaître.

— Non, Emma. C'est juste moi, dit Yann en retirant la main.

— Mais… je… tu…, balbutiai-je, désespérée.

— Juste moi, répéta-t-il. Sois sage, je t'assure que tu te sentiras mieux dans quelques minutes.

Sa voix chaude ne fit qu'attiser l'excitation qui me dominait. Je le voulais en moi, je voulais sentir ses muscles se contracter contre les miens. Je découvrais une nouvelle facette de Yann, possessif et sûr de lui. Dans un soupir, j'abandonnai l'idée de lui tenir tête, espérant que mon calvaire finirait vite.

— C'est ma position préférée, murmura Yann en calant son sexe contre mon intimité.

— Moi aussi, marmottai-je, les yeux clos et déjà submergée par les prémices de mon orgasme.

— La seule position où tout ton corps est contre le mien. La seule position où je peux te toucher librement.

— S'il te plaît, gémis-je, hors d'haleine. S'il te plaît, Yann.

Le bout de son sexe titilla mon entrée, me frustrant davantage. J'avais envie de donner un coup de reins et de m'enfourcher sur lui, mais, après ma première déconvenue, je renonçai.

— A quel point me veux-tu, Emma ?

— Fort, murmurai-je.

— Seulement fort ? s'enquit-il en se reculant légèrement.

— Vite. S'il te plaît !

Il me pénétra avec précaution, se gardant de me satisfaire complètement. J'étais certaine d'exploser à la seconde où son sexe serait tout entier dans le mien. Il posa les mains sur mes hanches et sa respiration lourde et hachée me parvint. Je lui faisais le même effet.

— Juste moi, Emma.

— Juste toi, approuvai-je dans un souffle.

Il me tira brusquement contre son corps, mon intimité se resserrant convulsivement autour de lui. Comme je l'avais imaginé, je n'avais pas pu résister à l'orgasme. Yann s'immobilisa, embrassant le haut de mon épaule avec la trace d'un sourire persistant que je devinais. Il était fier de sa performance.

— Tu es parfaite, me complimenta-t-il.

— Tu n'as encore rien vu, soufflai-je dans un dernier élan.

A mon tour, je bougeai, ondulant contre lui dans un rythme volontairement saccadé. Les doigts de Yann s'enfoncèrent dans mes hanches et je sentis son corps se tendre lentement, mais sûrement. Je devais admettre qu'il était meilleur que moi en termes de résistance. Creusant les reins, Yann s'enfonça un peu plus. Prise à mon propre jeu, ma respiration devint plus désordonnée. J'avais chaud, mon sang bouillonnait sous ma peau et sentir Yann derrière moi, à ma merci, me galvanisait.

Se décalant sur le lit, il colla son torse contre mon dos et posa la main sur mon entrejambe. Je gémis lourdement, Yann reprenant un rythme fort et puissant, claquant contre mes fesses rythmiquement.

— Qui êtes-vous et qu'avez-vous fait d'Emma ? s'enquit-il, le souffle court.

— Touche-moi, lui intimai-je.

Cette fois, il ne repoussa pas ma main qui couvrit la sienne et mon ventre se contracta, prêt à exploser de nouveau. Nos deux corps moites collaient l'un à l'autre, échauffant nos peaux presque douloureusement, pourtant Yann ne faiblissait pas, allant et venant en moi.

— Est-ce que tu sens comme j'ai envie de toi ? demandai-je à Yann en saisissant son autre main pour l'embrasser.

Je l'entendis jurer et il accéléra le rythme, ses doigts jouant avec mon clitoris pour m'amener de nouveau au bord du gouffre. Capturant son index dans ma bouche, je le mordillai légèrement avant de le sucer doucement. Yann grogna violemment, arracha son doigt de ma bouche et jouit en moi en criant mon nom. Quelques secondes plus tard, un nouvel orgasme me terrassa.

Les yeux clos, seule la respiration de Yann me parvint. Je me décollai de son torse en sueur et me tournai vers lui. Nous avions tous les deux un sourire béat.

— Rien qu'à toi, murmurai-je sur ses lèvres avant d'y planter un baiser.

— Rien qu'à toi, approuva-t-il avant d'enrouler son bras autour de moi.

Nous sombrâmes dans le sommeil au bout de quelques instants, rassasiés et épuisés.

Chapitre 6

♪ *Call me irresponsible* ♫

La clarté aveuglante de la lumière hivernale me tira de mon sommeil. D'un geste rageur, je tirai la couette sur ma tête, en grognant. A mes côtés, Yann bougea et me serra contre lui, une de ses jambes recouvrant les miennes. Il inspira profondément dans mon cou, avant d'y poser un léger baiser.

— B'jour, murmura-t-il, d'une voix éraillée.

— Je veux rester au lit, grommelai-je.

— Tes désirs sont des ordres, lança-t-il, aguicheur, ses mains remontant doucement vers mes seins.

Mon corps se réveilla instantanément, mais mon cerveau persista dans l'engourdissement brumeux du matin. La paume chaude de Yann parcourait mon corps, rallumant progressivement l'excitation qui m'avait littéralement brûlée la veille. Je m'entendis gémir lourdement, la douleur de mon réveil brutal faisant place à une sensation de bien-être inégalable.

— Bonjour, murmurai-je finalement, plus enjouée.

— Je veux rester au lit, sourit-il.

— Tes désirs sont des ordres, ris-je, en me tournant pour lui faire face.

Je plaquai un baiser sur ses lèvres, sentant sa main suivre le sillon de ma colonne vertébrale, avant d'enserrer mon cou et d'approfondir le baiser. Le bout de ses doigts s'enfonça dans ma chevelure, me massant avec tendresse pendant que sa langue, fougueuse, entreprenait ma bouche.

Pourquoi avais-je tant lutté contre ça ? Yann me connaissait et anticipait mes réactions. Son corps épousait le mien et rien ne me semblait finalement plus normal. Nous devions être ensemble.

— J'ai l'impression d'être un gamin qui ouvre son cadeau de Noël, souffla-t-il sur mes lèvres gonflées.

— Techniquement, tu l'as ouvert hier.

— Je ne pouvais plus attendre. Mais peut-être peut-on faire un remake ? Tu remets ton pyjama et je le retire de nouveau ? proposa-t-il.

— Les remakes sont toujours moins bons que les originaux !

Je reposai la tête contre son torse, laissant ma main vagabonder sur sa peau. Contrairement à la veille, je ne sentais plus cette tension dans ses muscles. Au contraire, Yann était parfaitement détendu, me laissant même m'aventurer au-delà de la couette qui le couvrait à hauteur du nombril.

— Est-ce que tu veux qu'on vive ensemble ? demanda-t-il brutalement.

Ma main s'arrêta net et remonta rapidement à hauteur de ses pectoraux, en zone sécurisée. Je relevai les yeux vers lui, stupéfaite.

— Tu veux que quoi ? m'alarmai-je.

— Qu'on vive ensemble.

— Est-ce que tu es complètement cinglé ? m'enquis-je avec consternation. On vient à peine de…

— Tu paniques de nouveau, commenta Yann alors que je m'écartais de lui, comme si je fuyais la peste. Emma…

— Bien sûr que je panique, le coupai-je. On vient de passer notre première nuit et tu voudrais qu'on vive ensemble ?

Ma voix suraiguë me fit mal aux oreilles. Yann, les bras croisés sous la tête, me fixait avec amusement, pendant que mon ahurissement prenait le pas sur toute forme de raisonnement intelligible. La voix de la raison me hurlait de quitter ce lit et le regard inquisiteur de Yann, quand une autre voix, celle qui commandait mon corps — et ressemblant étrangement à la voix de Yann rauque et sexy —, me commandait de foncer.

— Donne-moi une raison de ne pas le faire, lança Yann avec assurance. On se connaît depuis dix ans, Emma.

— Et il y a vingt-quatre heures, tu ne savais même pas quel genre d'épilation je pratiquais ! C'est trop… rapide… On n'est même pas certains que…

— Moi, j'en suis sûr, Emma.

Son regard confiant m'ébranla. Sa proposition me choquait réellement, mais j'avais beau me creuser la tête, je ne trouvais aucun contre-argument valable. Je sortis du lit et attrapai un T-shirt.

— Tu l'as dit toi-même, cette nuit, c'était incroyable, reprit-il. Je ne veux pas que ce soit incroyable avec quelqu'un d'autre. Je doute même que ce soit possible.

Je me tournai vers lui, croisant les bras sur ma poitrine et luttant contre l'envie de lui dire oui. Ce n'était définitivement pas raisonnable. Nous n'avions aucune idée de la vie de couple, nous n'avions même pas de vagues notions de ce qu'était être en couple.

— Yann… En début de semaine, tu n'étais encore qu'un ami et là tu me demandes…

— Je veux vivre avec toi. S'il te plaît, ajouta-t-il avec un sourire séducteur.

— Oh, non… Pas ça. Pas le sourire et le regard malheureux !

Il repoussa la couette, révélant sa parfaite nudité. Je tressaillis une courte seconde, mes yeux se dirigeant automatiquement vers son entrejambe, avant de revenir immédiatement à hauteur de son visage. Je rougis aussitôt, réalisant que mon coup d'œil furtif ne lui avait pas échappé. Il se contenta de sourire et rampa sur le lit pour me rejoindre. Toujours debout, je le regardai faire, absorbée par les mouvements de son corps.

Parvenu à ma hauteur, il se redressa sur les genoux et posa les mains sagement sur ma taille, par-dessus le T-shirt.

— Je suis avocat, je sais plaider.

— Dans ce cas, plaide la folie passagère, et j'oublierai que tu veux vivre avec moi après seulement une nuit !

— Une nuit ? Emma, on se connaît depuis dix ans. Je doute qu'il y ait quelque chose que je ne sache pas de toi.

Je posai les mains sur ses joues et plongeai mon regard dans le sien. Il était sincère, il voulait vraiment vivre avec moi. La gorge serrée, je soupirai lourdement, cherchant les mots qui aboutiraient à un compromis.

— Je n'ai pas dit jamais, dis-je après une courte hésitation.

— Et moi j'ai dit maintenant. Ce soir même !

— Ce soir ?

— Ce soir, assura-t-il en m'attirant fermement contre lui. Je ferai le dîner, promit-il.

— Tu veux ma mort ? souris-je en levant un sourcil dubitatif.

— Je commanderai le dîner, alors. Je ferai tout pour que tu dises oui. Je suis déjà à genoux devant toi, me fit-il remarquer avec humour.

— Encore un contre-argument et tu finiras à mes pieds !

— Ou tu finiras aux miens, contra-t-il, son regard s'assombrissant légèrement.

Mon ventre eut un petit soubresaut agréable, mon corps se souvenant du traitement approprié et extatique qu'il avait reçu de la part de Yann. Machinalement, je portai la main à mon cou, à l'endroit même qu'il avait mordillé et suçoté avec délectation.

— Emma, tu l'as dit toi-même, c'était évident entre toi et moi. Ça le sera tout autant dans six mois ou dans un an. Je ne vois pas pourquoi on attendrait.

— Tu es un adepte des plaisirs immédiats !

— Avec toi, oui. Même si te savoir en ce moment sans sous-vêtements met ma patience à rude épreuve.

— Et si ça ne colle pas ?

— Qu'est-ce qui ne collerait pas ?

— Je peux être pénible, argumentai-je.

— Plus que maintenant à t'entêter à me dire non, quand ton corps entier dit oui ?

Lentement, ses mains glissèrent le long de mes hanches, pour atteindre le bas de mon T-shirt, puis mes cuisses. Je frissonnai légèrement au contraste de ses paumes chaudes contre ma peau un peu plus fraîche.

— Je pourrais te réchauffer. Jour et nuit. Je t'assure que tout ira bien, Emma, renchérit-il après m'avoir entendue soupirer une énième fois. On se connaît parfaitement et j'aime… la fille pénible que tu es. J'aime me réveiller à tes côtés et je dois admettre que j'aime encore plus m'endormir avec toi.

— J'aime ça aussi, murmurai-je, presque soulagée par mon aveu.

— Je sais que tu n'es pas parfaite. Mais tu es parfaite pour moi, finit-il, les yeux toujours perdus dans les miens.

Son regard changea légèrement. Son assurance était toujours là et ses yeux pétillaient de joie et d'amusement. Mais il y avait autre chose, plus que du désir brut, plus que de l'envie irrépressible. Il me voulait.

— Finir avec un argument pareil ! C'est criminel !

— Le jury ne retient généralement que les deux dernières phrases. C'est la base de mon métier. Quel est le verdict ? demanda-t-il, plein d'espoir.

— Tu es coupable sur toute la ligne ! m'exclamai-je.

D'un mouvement vif, il me fit basculer sur le lit et je me retrouvai coincée sous son corps puissant. Avec un sourire, il captura ma bouche pour un baiser profond et tendre.

— Tu vas devoir me laisser un tiroir, se vanta-t-il, goguenard. Je propose que tu me laisses celui du haut de ta commode.

— Il est rempli, Yann. Tu prendras celui du bas, hors de question que je te laisse vampiriser mon es…

Je poussai un gémissement terrible, fruit du travail des lèvres de Yann sur la zone sensible de mon cou. Une de ses mains jouait avec mon sein gauche, triturant la pointe avec une dextérité orgasmique.

— Sauf erreur, tu n'as pas en ce moment de sous-vêtements. Donc, ce tiroir est rempli de choses parfaitement inutiles.

— Yann, il fait moins cinq dehors, il n'est pas question que je me débarrasse de mes…

Il remonta mon T-shirt, ma poitrine désormais à sa vue.

Après avoir agacé mon sein de la main, sa langue prit le relais, encerclant mon mamelon sans jamais s'occuper de la pointe ardemment dressée.

— Appelons ça un compromis. Mets des sous-vêtements et je me chargerai de t'en débarrasser.

Il prit mon sein dans sa bouche et l'aspira durement, jouant de sa langue pour attiser encore plus le désir qui flambait entre mes cuisses. Yann savait déjà comment me soumettre. Il avait raison, j'étais déjà à ses pieds. Je sentis son sexe frotter contre le mien et je relevai les jambes pour accentuer notre contact. Libérant mon mamelon, il agrippa mon T-shirt et me l'ôta, avant de consacrer son attention à mon autre sein.

— Dis-moi oui, murmura-t-il. Au moins pour le dîner de ce soir.

— Yann, je ne... Oui, gémis-je en sentant son pouce provoquer mon clitoris.

— Bien. Je peux donc aller prendre une douche maintenant.

Sans même me laisser le temps d'ouvrir les yeux, Yann se décolla de moi, m'abandonnant pantelante et insatisfaite. Debout devant moi, son sexe toujours tendu et gonflé, il m'offrit un sourire arrogant. Je me redressai sur les coudes, prête à transformer mon excitation en frustration rageuse.

— Je prendrai donc le tiroir du haut en accord avec les termes de notre compromis.

— J'espère que tu as honte des méthodes que tu emploies ! lui fis-je remarquer en remettant mon T-shirt.

— Aucunement.

Il attrapa son pantalon puis son caleçon et s'assit sur le lit pour se rhabiller. N'avait-il pas dit qu'il devait prendre une douche ? Je m'approchai de lui et m'installai à ses côtés, l'observant remonter son pantalon de costume.

— Tu rentres ? demandai-je dans un murmure.

— Il faut que j'aille me changer. Je te rappelle que nous sommes de corvée de sapin.

— Génial ! soupirai-je. Est-ce qu'on peut en revenir à la réplique « tes désirs sont des ordres » ?

— J'aimerais, lâcha-t-il en cherchant des yeux sa chemise. Mais entre le sapin, la décoration et le dîner que…

— J'avais oublié ce dîner ! râlai-je en m'effondrant sur le lit.

A la mention de cette soirée, il me sembla que la bulle que Yann et moi avions formée depuis hier soir avait éclaté. J'appréhendais presque de devoir affronter Julie et Grégoire. Bien sûr, ils accepteraient, ils en riraient même certainement, mais je ne pouvais pas m'empêcher de me dire que notre petit groupe serait sérieusement mis à mal si ma relation avec Yann ne fonctionnait pas.

Yann me tendit la main et m'aida à me mettre debout. Je remarquai qu'il était complètement habillé, à l'exception de ses chaussettes et chaussures.

— J'en ai pour une heure. Tu seras prête ? demanda-t-il en me serrant contre lui.

— On se rejoint au café ? Je ne serai pas opérationnelle sans caféine.

— Je t'ai donc épuisée à ce point ?

— Pas du tout. C'est ma danse avec Thomas, ça m'a littéralement…

La bouche de Yann se posa sur la mienne, me faisant taire dans l'instant. Mon rire mourut dans sa bouche, pendant qu'il me soulevait légèrement. Je m'accrochai à sa nuque, sentant mon T-shirt se soulever, puis les mains de Yann se poser sur mes fesses.

— File sous la douche avant que je perde totalement le contrôle, m'intima-t-il en me reposant au sol.

— Je te raccompagne.

Je précédai Yann et me dirigeai vers le salon. Il remit rapidement ses chaussettes et chaussures, pendant que je me tortillais, curieusement mal à l'aise, avec mon T-shirt à la fois trop et pas assez long. Quand il se releva et enfila sa veste, j'eus un léger pincement au cœur et me fustigeai d'être aussi idiote. J'allais le revoir dans une heure !

Il s'approcha de moi lentement, me fixant avec ce regard sombre et prédateur que je connaissais bien maintenant. Il prit mon visage entre ses mains et posa sa bouche sur mon front.

— Dans une heure, murmurai-je.

— Je serai en avance, promit-il, me tirant un sourire. Mets quelque chose de chaud et de couvrant.

— Autant éviter une bronchite, approuvai-je.

— Ça... et un attentat à la pudeur ou une arrestation pour exhibitionnisme. Il est vraiment difficile pour moi de te résister quand je vois trop de peau.

Et comme pour appuyer sa démonstration, il nicha la tête dans mon cou et y promena ses lèvres. Je crochetai sa nuque, l'invitant à poursuivre sa caresse. Mais, à mon grand regret, il finit par se détacher de moi.

— Tu es diabolique, me lâcha-t-il en riant. J'y vais, si on tarde encore, il ne restera plus que les sapins agonisants !

Il prit ses clés sur la console et ouvrit la porte de mon appartement. Jetant un coup d'œil à sa montre, il fronça les sourcils et secoua la tête.

— A tout à l'heure, bébé, murmura-t-il sur mes lèvres avant d'y poser un baiser furtif.

— Bébé ?

— Bébé, répéta-t-il d'une voix si assurée que mon rire s'évanouit dans ma gorge.

Après un dernier regard profond, comme s'il voulait vérifier que j'avais bien assimilé le concept, il quitta mon appartement. Je refermai la porte derrière lui et m'y appuyai. Je n'aurais su dire ce qui vint en premier. Mais quand je retournai à ma chambre pour me préparer, j'avais les joues rouges, les mains tremblantes et un sourire irrépressible aux lèvres.

J'avais plus ou moins accepté de vivre avec lui. Moi, la fille indépendante et angoissée, j'allais partager mon quotidien, mon lit, ma cuisine avec… Yann. Mon meilleur ami, mon petit ami désormais, celui qui en un sourire et deux arguments parvenait à anéantir ma nervosité. Il parvenait presque à me transmettre un peu de sa confiance.

La douche me fit du bien, atténuant les effets euphorisants de ma nuit avec Yann. Mais mon sourire persistait et s'élargissait dès que mes pensées s'égaraient.

Ce que Laura et Julie ne manquèrent pas de remarquer quand je débarquai finalement au café.

— Simon, un cappuccino, s'il te plaît, commandai-je en m'installant à côté de Laura.

Je retirai mon écharpe et mon manteau, ignorant volontairement les regards inquisiteurs de mes amies. Je pouvais faire comme si tout était normal. Je pouvais ravaler mon sourire géant. Et je pouvais résister à l'envie frénétique d'envoyer un message à Yann pour le prévenir de mon suivi scrupuleux de ses consignes : j'avais bien quelque chose de couvrant : une robe en laine grise et des collants opaques.

— Eh bien, inutile de te demander comment s'est passé ton rendez-vous, attaqua Laura avec un sourire.

— Bonjour à toi aussi, dis-je, consternée d'entendre ma voix proche de celle d'une princesse Disney.

Julie me jeta un regard stupéfait et posa délicatement son mug sur la table devant elle.

Je me triturais les mains, espérant que l'interrogatoire en resterait là. Mais c'était peine perdue, j'entendais déjà les rouages de Laura se mettre en marche, pendant que Julie rechargeait sa mitraillette à questions.

— Vas-tu maintenant te décider à nous dire son nom ? s'enquit Laura, toujours aussi curieuse.

— Je préfère… garder ça pour moi, pour le moment. C'est un peu… inattendu, hésitai-je, avant de sourire de nouveau, rien qu'en imaginant Yann nu contre moi.

— Dieu du ciel, Emma Rousseau ! Tu as couché avec lui ? s'écria Julie. Tu as couché avec un type le premier…

Je me jetai en avant pour la bâillonner de la main. Laura réprima un rire, pendant que les paroles étouffées de Julie me parvenaient de manière inintelligible. Lui lançant un regard noir, j'attendis qu'elle opine avant de la libérer.

— Je ne suis pas sûre que tout l'Etat t'ait entendue, grognai-je en me réinstallant.

— Elle ne nie pas, constata Laura.

— Comment pourrait-elle ? Tout son corps crie « j'ai eu ma dose de sexe pour les dix prochaines années ! » se lamenta Julie. Est-ce que je dois te souhaiter un « joyeux Noël » tout de suite ?

— Tu vas le revoir ? s'enquit Laura.

J'opinai, mes joues flamboyant instantanément. Laura risqua un sourire, comprenant aussitôt ma réponse. Julie secoua la tête et, pendant une seconde, je crus qu'elle désapprouvait.

— Il n'a pas un frère ? demanda-t-elle en riant.

— Non. Fils unique.

— En tout cas, tu es radieuse, commenta Laura. Que fait-il dans la vie ?

— Il est avocat, répondis-je, en me tournant vers elle, avant de me maudire pour ma franchise.

Elle tressaillit une courte seconde, ses mains se resserrant furtivement autour de sa tasse. Il me sembla que son regard vrilla le mien, mais, très vite, elle se reprit. Trop tard, compris-je : elle savait. Je pris une profonde inspiration, prête à faire face au tsunami qui allait suivre.

— Comme Yann ? s'étonna Julie. C'est un collègue à lui ?

— Pur hasard. Merci, Simon, soufflai-je, tétanisée, en récupérant mon cappuccino.

Je me brûlai la langue en en buvant un peu, mais je voulais à tout prix fuir cette conversation absurde. Maintenant, j'avais la sensation d'avoir été trop loin en leur cachant la vérité. Même s'il n'y avait aucune chance qu'elles m'en veuillent, j'aurais préféré que Yann soit là et qu'il subisse lui aussi le feu nourri de questions idiotes.

— Il habite ici depuis longtemps ? demanda innocemment Laura.

— Quelques années, dis-je en la fusillant du regard.

Elle se contenta de sourire, ravie d'avoir la confirmation qu'elle attendait.

— Je l'imagine déjà : grand, brun… Sûrement très masculin, n'est-ce pas ?

— Et drôle, renchérit Julie. Il faut qu'il soit drôle.

— Il l'est. Il est très… drôle. Et brun, confirmai-je.

— Je pense qu'il s'intégrera parfaitement à notre groupe, conclut Laura. Qu'en penses-tu, Emma ?

— N'est-ce pas un peu tôt pour en discuter ? grognai-je, en songeant à ressortir ma poupée vaudoue.

Discrètement et pendant que Julie finissait son café, je fixai Laura, lui priant silencieusement de ne pas m'enfoncer un peu plus. Elle eut ce sourire horripilant. De toute évidence, elle prenait un plaisir sadique à me torturer.

— Trop tôt ? Tu sais, quand j'ai eu mon premier rendez-vous avec Grégoire, juste après l'incident spaghettis, j'ai eu cette drôle de sensation rassurante. Comme s'il me connaissait vraiment, il lisait en moi si facilement…

— Je vois ce que tu veux dire, souris-je.

— C'est incroyable, non ? Je suis contente pour toi, Emma, finit-elle avec un sourire sincère. Je sens que ce type te rendra heureuse.

— Je l'espère. Je m'en voudrais de tout ruiner.

— Je vous déteste, marmonna Julie. Est-ce que c'est trop demander d'avoir un incident spaghettis ou un avocat dieu du sexe ? râla-t-elle.

J'étouffai un rire en découvrant la silhouette masculine juste derrière elle. Thomas leva les sourcils, surpris, avant de prendre une profonde inspiration.

— Je ne peux rien faire pour les spaghettis, en revanche, où dois-je postuler pour « avocat dieu du sexe » ? fit-il, provoquant un sursaut d'effroi de la part de Julie.

La main sur le cœur, Julie devint couleur coquelicot. Une première depuis que je la connaissais, tant Julie parvenait non seulement à contrôler ses émotions, mais aussi à se cacher derrière un enthousiasme permanent. Thomas contourna le fauteuil et m'embrassa sur la joue, avant de saluer Laura de la même façon. Il s'assit près de Julie, qui cherchait visiblement une solution pour que le sol s'ouvre sous ses pieds.

— Alors ? Il faut… un CV, je présume, ou dois-je seulement te parler de ma très grande expérience ?

— Ça ira, chevrota Julie, blanche comme un linge.

— Grande comment l'expérience ? demanda Laura, avec un intérêt amusé.

— Immense ! se vanta-t-il. En parlant de grande expérience dans ce domaine, Yann arrive, lança Thomas.

Cette fois, ce fut mon tour de virer écrevisse. Julie, trop prise dans sa honte, ne vit heureusement rien, mais j'entendis distinctement Laura à mes côtés, se réjouir de l'arrivée de Yann.

— Les choses sérieuses commencent, murmura-t-elle, conspiratrice.

— Que sais-tu de l'expérience de Yann ? fis-je, en espérant que mon comportement stupide passe inaperçu.

— J'en sais suffisamment, « mademoiselle-en-haut-de-la-liste ».

— Epargne-nous les platitudes et passe directement aux détails croustillants, lui intima Laura en riant. Je peux même t'offrir le café !

De nouveau, je la fusillai du regard, envisageant de l'étrangler avec la guirlande électrique suspendue à la fenêtre. Elle roula des yeux, avant de lever les mains en signe d'apaisement. Je sentis le regard de Thomas sur moi et quand je croisai ses yeux gris, tirant sur le bleu, je rivai les yeux au sol en soupirant.

— Bonjour tout le monde ! chantonna la voix de Yann.

Dieu du ciel, il était le prince charmant de Disney. Sans la cape, sans les bottes et sans ses horribles tenues, évidemment, mais beau à couper le souffle. Ses cheveux encore légèrement humides de sa douche, le sourire accroché aux lèvres, son jean brut et son pull noir, suffisamment moulant pour le rendre sexy sans être vulgaire.

Il retira son caban noir, m'offrant un petit sourire furtif. Instantanément, mes mains devinrent moites et une douce chaleur se propagea dans mon corps. Je mourais d'envie de le toucher, et évidemment de marquer mon nouveau territoire.

— Un *latte*, s'il te plaît, demanda-t-il à Simon derrière lui.

Il embrassa rapidement Julie, puis Laura, avant de se pencher vers moi. Maladroitement, je passai mon mug d'une main à l'autre, ne sachant pas vraiment ce que Yann attendait de moi. Faire notre *coming-out* ainsi me paraissait surréaliste.

— Donne-moi ça, m'intima Laura en arrachant mon mug des mains. Et sois polie avec Yann !

Ce dernier fronça les sourcils, pendant que Laura mourait de nouveau sous mes coups imaginaires.

— Un problème ? demanda Yann, ses yeux naviguant entre Laura et moi.

— Aucun ! fit cette dernière dans un mensonge éhonté, le sourire du chat du Cheshire aux lèvres.

Un léger sourire se dessina sur la bouche de Yann, tandis qu'il s'accroupissait devant moi en plongeant son regard dans le mien. A ma gauche, j'entendis Laura relancer une conversation avec Julie et Thomas, notamment concernant les préparatifs de notre dîner de Noël, et je lui fus reconnaissante de la diversion.

— Elle sait, murmurai-je.

— Je sais, répondit-il en posant les mains près de mes cuisses.

La vague de chaleur réapparut, me surprenant au point de me couper la respiration. J'haletai presque, incapable de contrôler l'afflux d'images de la nuit dernière. Ses mains avaient été partout sur moi, me tenant, me caressant, contrôlant mon désir, explorant mon corps, l'apprenant presque par cœur. Maintenant que je les revoyais, je n'avais qu'une envie, les sentir de nouveau glisser sur ma peau.

— Jolie robe, constata Yann. Couvrante et euh… chaude sûrement, compléta-t-il pendant que ses yeux fixaient le haut de mes jambes.

— Très, assurai-je, satisfaite qu'il soit autant perturbé que moi.

— Tu es très belle, souffla-t-il, ses pouces effleurant furtivement l'extérieur de mes cuisses.

— J'aime beaucoup ton pull. Il me rappelle quelque chose, souris-je.

Perdant légèrement l'équilibre, il vacilla avant de se maintenir en crochetant ma cuisse droite. J'étouffai un cri de surprise et croisai le regard de Yann.

— Désolé, s'excusa-t-il, relâchant sa prise, sans pour autant retirer sa main. Et ce pull, c'est un cadeau. Tu sais, cette fille dont je t'ai parlé.

— Elle a bon goût. Il te va très bien.

— Il est couvrant et chaud, surtout.

Il se redressa finalement, laissant ostensiblement sa main traîner le long de ma cuisse, avant de se pencher vers moi pour poser un baiser sur mon front. Yann s'écarta et s'installa sur l'accoudoir à ma droite. Du coin de l'œil, je le vis exhaler un long soupir, pendant que sa mâchoire se crispait. Je pris mon mug entre les mains. Simon surgit la seconde suivante, le *latte* habituel de Yann à la main.

— Alors, ton dîner ? demanda brutalement Laura. Ce fameux truc sans intérêt, compléta-t-elle en retenant un rire.

— Ça s'est bien passé, merci.

— Je crois que Yann n'est pas très honnête, sourit Thomas. Il a bluffé le patron, ce que j'appellerais, personnellement, un véritable coup de maître.

— Ah oui ? fit Julie avec intérêt. Que s'est-il passé ?

— Rien de…

— Et au fait, qu'est devenue cette fille avec qui tu as dansé ? le coupa Thomas en revêtant son masque de l'innocence pendant que je rétrécissais mon regard.

— Quelle fille ? s'écria vivement Julie. Attendez, est-ce

que je suis la seule à ne pas avoir de vie sexuelle autour de cette table ?

Il y eut un concert de raclements de gorge et de rires étouffés. Yann me jeta un regard, m'aidant à me détendre finalement. Thomas sortit son portefeuille et dégaina une carte de visite à l'intention de Julie.

— Je n'ai pas mentionné « dieu du sexe » sous mon nom, mais si je peux aider…

— Mon Dieu, Julie, es-tu en train de rougir ? s'exclama Yann, stupéfait.

— J'ai chaud, marmonna-t-elle en retirant l'écharpe qu'elle avait autour du cou.

— Là encore, j'ai de solides compétences en termes de… régulation de chaleur, fanfaronna Thomas.

— Parlons plutôt de cette fameuse fille. Blonde, brune ?

— Forcément brune, répondit Laura. Je vois tout à fait le genre de fille que cela peut être.

Il y eut un échange de regards entre Thomas, Yann, Laura et moi. Julie, plongée dans son café, ne vit rien et attendait une version de l'histoire. Une version expurgée de ma robe de soirée, de ma danse avec Yann et de notre petit secret sur le point d'exploser.

— C'était une des invités de la soirée, commença Thomas. Plutôt jolie, d'ailleurs. Ils ont dansé et…

— Sur quelle chanson ? le coupa Laura, fascinée.

— Je… Euh…

— *The Way You Look Tonight*, lança Yann, d'un ton empli d'évidence.

Je me tournai vers lui, stupéfaite. Il s'en souvenait ! S'il sentit sûrement mon regard sur lui, il l'ignora. Je le fixai, alors qu'il portait son mug à ses lèvres, m'enfermant dans une bulle hermétique n'incluant que lui et moi. Pourtant, je devinai les gloussements de Julie et de Laura.

— Oh ! J'en connais une qui a l'air jalouse, fit Julie en riant.

— Je… Euh… Non… A vrai dire, je suis… admirative, avouai-je, toujours stupéfaite.

— Que je m'en souvienne ? me demanda Yann.

— Que tu y aies fait attention !

Je secouai la tête, tentant de dissiper le brouillard qui voilait mes souvenirs de cette danse. Je me rappelais juste avoir dansé dans les bras de Thomas, puis Yann avait surgi et, l'instant suivant, son corps avait épousé le mien.

— Yann, si tu n'étais pas comme un frère pour moi, je jure que je pourrais tomber amoureuse de toi dans l'instant ! lança Julie.

— A cause d'une chanson ? s'étonna Thomas.

Elle hocha frénétiquement la tête, pendant que Yann baissait la sienne, visiblement gêné. J'hésitai à le réconforter, ne sachant plus vraiment où était la limite entre notre amitié publique et notre relation privée. Nous étions habituellement proches et pourtant j'avais la curieuse sensation que nous nous tenions à distance. Trop à distance.

— Et alors, cette fille, elle te plaît ? demanda Laura avec curiosité.

— Beaucoup. Même si elle montre quelques réticences…

— Avec un homme qui retient le titre de la chanson sur laquelle ils ont dansé ? s'écria Julie.

— Est-ce qu'elle est dingue ? s'enquit Laura en me jetant un regard circonspect.

Je calai les mains sous mes cuisses, me serinant de me retenir de la tuer. Laura était mon amie, ma grande amie, mon amie loyale, fidèle, aimante. Je l'aimais, nous nous soutenions, nous l'avions intégrée dans notre groupe. En clair, elle se devait d'être fiable et surtout, en tant que femme, elle devait être solidaire avec l'handicapée des sentiments que j'étais.

— Je ne crois pas, sourit Yann en se frottant la nuque. Elle a juste besoin d'être rassurée.

— Rassurée ? répéta Laura. Bon sang, Yann, tu es une sorte de… Bon, je peux le dire parce que Grégoire n'est pas là : Yann, tu es parfait. Physiquement, tu es… plutôt pas mal !

— Si on aime le côté gringalet, pondéra Julie en faisant la moue.

— Certes, concéda Laura. Mais tout de même, il faudrait être difficile.

— Vous ne connaissez même pas cette fille, argumentai-je, finalement.

Laura manqua de recracher son café, et très certainement l'un de ses poumons en toussant pour reprendre son souffle. Julie fronça les sourcils, pendant que je jubilais de ma petite victoire. Je pouvais jouer, moi aussi.

— Quel genre de réticence a-t-elle ? demanda Thomas.

— Va-t-on disséquer cliniquement la relation de Yann avec cette fille ? m'inquiétai-je.

— Je sens l'odeur de la jalousie, commenta Julie. Il va falloir partager, Emma !

— Inutile de disséquer quoi que ce soit, coupa Yann. Je lui laisserai le temps qu'il faut. Je ne compte pas changer d'avis : c'est elle que je veux. Même si j'avoue que ça serait plus simple, si j'étais persuadé qu'elle me veut aussi.

— Elle a peut-être juste peur que tu t'emballes ! contrai-je.

— Je ne m'emballe pas, je suis confiant.

— Parce que tu es amoureux d'elle ? risqua Julie. Parce que si c'est le cas, je vais vraiment te détester… et… oh, mon Dieu, je vais finir avec mon prof de gym ! s'exclama-t-elle, en posant la main théâtralement sur son front.

Il y eut un silence, tous les regards rivés sur Yann, le mien compris. Mon cœur se mit à tambouriner violemment dans ma poitrine. Malgré notre nuit, malgré notre discussion de ce matin et malgré notre déjà très longue relation, être avec Yann s'apparentait à un numéro d'équilibriste entre notre amitié et autre chose.

Et Julie venait de mettre le mot exact sur le « autre chose ».

— Et vous, quoi de neuf ? éluda magistralement Yann.

« Quoi de neuf ? » Bon sang, mais pourquoi n'avais-je pas songé à ça pour dévier la conversation ? C'est simple, facile. Détourner l'intérêt des gens… Sûrement un truc d'avocat.

— Grégoire nous rejoindra plus tard, commença Laura. Un souci sur son chantier…

— Et Emma a couché avec un mec ! s'écria Julie.

— Ce n'était pas nécessaire d'annoncer ça comme si j'avais marché sur la Lune, Julie ! grognai-je, en devinant un semblant de sourire sur les lèvres de Yann.

Elle m'adressa un sourire ravi, se frottant les mains, satisfaite d'avoir repris le contrôle sur ses émotions. Tous les regards se braquèrent sur moi, pendant que je cherchais à toute vitesse une parade.

— Emma refuse de parler de lui, se lamenta faussement Laura.

— Je n'ai jamais demandé de détails à Grégoire quand il t'a rencontrée, fis-je remarquer.

— Moi si ! intervint Yann. Je sais tout un tas de trucs potentiellement compromettants, lança-t-il avec un sourire diabolique.

Si j'avais eu une once de courage, je l'aurais remercié de

son intervention et de la menace qu'elle sous-entendait. Mais je me contentai de me pincer les lèvres, retenant le rire qui couvait dans ma gorge. Laura rétrécit son regard et claqua la langue, façon cow-boy sur le point de dégainer son arme pour faire un massacre.

— Il est avocat, renchérit Laura. Comme toi, Yann. Etrange, non ?

— Avocat ? répéta-t-il, faussement surpris.

— Et c'est un dieu du sexe ! s'exclama Julie, pendant que je me cachais le visage entre les mains, mortifiée.

Cette fois, Yann ne retint pas son rire et, délicatement, il repoussa mes mains. Je retrouvai son regard étincelant planté dans le mien. Si la situation l'amusait comme son sourire le laissait paraître, son regard démontrait autre chose. Autre chose qui provoquait cette contraction étrange de mon estomac.

— Il a de la chance, murmura Yann, d'être avec une fille comme toi.

Son regard descendit sur mes lèvres, pendant que je sentais son pouce tracer des cercles dans le creux de ma paume. En une seconde, le souvenir de ses lèvres et de ses mains sur moi resurgit, me replongeant dans notre bulle.

— Tu l'aurais vue, Yann, en arrivant ici… Je peux te jurer qu'elle ne marchait pas, elle flottait au-dessus du sol, assura Laura.

— Ah oui ? s'étonna de nouveau Yann.

— Je crois que c'est un peu exagéré, corrigeai-je en lançant un regard exaspéré à Laura.

— A peine, railla Julie. D'ailleurs, je compte sur toi, Yann, pour lui soutirer des informations.

— Il saura certainement mettre à profit ses multiples talents pour la faire parler, suggéra Thomas.

— Comptez sur moi, jura Yann. Comptez sur moi, répéta-t-il un ton plus bas en m'offrant un sourire irrésistible.

Mon estomac fit un de ses bonds nouvellement familiers. Je n'avais personnellement aucun doute sur les techniques de torture, de chantage et d'asservissement au sexe de Yann. En dix minutes ce matin, il était parvenu à me soutirer un tiroir et mon indépendance de jeune femme.

J'étais faible, et mon sourire à l'intention de Yann fut inévitablement remarqué par Laura, qui se racla bruyamment la gorge.

— Bon, et ses préparatifs de Noël ? lança-t-elle à la cantonade pour changer de sujet.

— Tu ne m'as pas parlé d'une mission sapin ? demanda soudainement Thomas à Yann.

— Si, râlai-je, nous sommes de corvée !

— De corvée ? sourit Laura. Cette fois, je crois que c'est toi qui exagères un peu !

— Il fait froid, il va y avoir foule et nous finirons une fois de plus par nous faire escroquer par ce vendeur !

— Je pense que Yann saura te rendre le sourire, me coupa Thomas d'un air entendu.

— C'est ma mission sur Terre, plastronna-t-il. D'ailleurs, on devrait y aller.

Il retourna au bar et fit verser le reste de son *latte* dans un gobelet à emporter. Je me levais de mon fauteuil, soupirant au souvenir de mon réveil, au chaud, sous la couette avec Yann. Sûrement que nous aurions dû y rester.

Un coup d'œil vers la fenêtre m'indiqua qu'il neigeait de nouveau, de légers flocons voletant dans les airs.

— On se retrouve à l'appartement, me rappela Laura, pour le tirage au sort.

— Yann m'a dit que nous n'étions pas concernés. C'était en échange de la mission sapin.

— Vraiment ? Et qui a négocié ça ? demanda-t-elle, stupéfaite, alors que Yann renfilait son caban, remontant son col.

— C'est vu entre Grégoire et moi, expliqua Yann à mes côtés. J'offrirai un cadeau à Emma et Emma m'offrira un cadeau.

Galamment, il prit mon manteau et m'aida à l'enfiler. Nous échangeâmes de nouveau un sourire discret quand, d'un mouvement de la main, il fit passer mes cheveux par-dessus le col.

— C'est injuste ! bougonna Julie.

— Je vais demander des explications à Greg, promit Laura. Vous bafouez les règles !

— Je suis avocat, je sais plaider ma cause, sourit Yann en posant la main doucement dans mon dos.

Je me figeai, non seulement au contact léger de sa main, mais surtout au souvenir de la dernière fois où il avait parlé de plaider sa cause. Yann, à genoux devant moi, nu, argumentant pour vivre avec moi dès ce soir. La chaleur réapparut, se concentrant sur cette petite zone dans mon dos et sur nos flancs qui s'effleuraient doucement.

— Je n'en doute pas, ironisa Thomas.

— Cette conversation n'est pas terminée, me menaça gentiment Laura.

— A ce soir, lançai-je, prise d'une nouvelle énergie positive.

Yann m'attira légèrement contre lui et entoura ma taille de son bras, m'entraînant ainsi vers la porte du café. Près de lui, il me sembla que la situation était moins ridicule.

Quelque part, j'appréciais qu'il n'ait pas dévoilé notre nouvelle relation.

— Et l'addition est pour vous ! hurla Julie derrière nous.

— Tu as toujours ta poupée vaudoue ? chuchota Yann en ignorant notre amie. Parce que j'entrevois une mort imminente.

J'étouffai un rire et nous passâmes le seuil du café, nous retrouvant dans le froid glacial. Je frémis pendant un court instant et Yann m'indiqua l'emplacement de sa voiture. A la faveur des vacances et de la migration saisonnière des Parisiens, il était parvenu à trouver une place juste en face de notre café. Il prit ma main dans la sienne, encore tiède, et m'entraîna à sa suite. Après avoir jeté un rapide coup d'œil vers la porte du café, il m'adossa à la voiture, planta son regard dans le mien, encadra mon visage de ses mains et m'embrassa comme si sa vie en dépendait.

Chapitre 7

♪ *Somethin'stupid* ♫

Dans l'instant, tout mon être sembla se liquéfier. Le froid extérieur ne m'atteignait plus, j'étais protégée par le corps de Yann moulé contre moi, et réchauffée par le désir qui parcourait mes veines. De toute ma vie, je n'avais jamais ressenti une telle puissance, une telle envie, comme si Yann, en m'embrassant, révélait une autre Emma, moins timide et plus entreprenante.

Je m'entendis gémir, ma langue bataillant pour prendre le pas sur celle de Yann, en vain. Il appuya son corps un peu contre le mien et finit par libérer mon visage.

— Bonjour, bébé, murmura-t-il, son front soudé au mien.

— Bonjour, marmottai-je avec difficulté.

Ma respiration était courte et sifflante et cela s'accentua quand je sentis Yann descendre la glissière de mon manteau.

— Il faut que je te touche, m'expliqua-t-il en écartant les pans de mon vêtement.

Il cala les mains sur mes hanches et, même à travers l'épais tissu en laine de ma robe, je sentis la chaleur irradier de ses paumes et se propager dans tout mon corps. Mes mains accrochèrent ses hanches, passant maladroitement sous son manteau, mais ne m'offrant pas le contact que j'attendais. Haletante, je retrouvai ses lèvres, réalisant à quel point la distance que nous avions instaurée au café était presque criminelle, tant elle était frustrante.

— Il faut qu'on y aille, chuchotai-je sur ses lèvres. Au sapin, je veux dire.

— Je sais, admit-il défait. Je ne veux pas me cacher, Emma. As-tu idée de la volonté que cela m'a demandée pour ne pas t'embrasser devant tout le monde ?

— Oui, je sais. Et tu as mis ce pull, l'accablai-je.

— Tu as mis une robe, alors que j'avais dit qu'il fallait que ce soit couvrant ! Mon pull est très bien !

— J'ai des collants, Yann. Je n'y peux rien si tu es un pervers ! souris-je en le repoussant gentiment. Et ton pull est…

— Est ? fit-il, intéressé, alors que ma main accrochait le vêtement.

— … en… laine, balbutiai-je, déconfite. Et ça… te… c'est bien… sur toi.

— Généralement, tes cadeaux sont toujours à la hauteur.

— Certes, mais je dois avouer qu'à l'époque je t'imaginais dans ce pull et pas… sans ce pull !

Mes joues reprirent une teinte coquelicot, désormais habituelle. Des images de Yann, retirant son pull devant moi, se baladant à moitié nu, envahirent mon esprit. Comment avais-je fait pour ne pas réaliser à quel point il était beau ?

— Allons-y, proposa Yann en s'écartant de moi pour m'ouvrir la portière.

Reprenant mon souffle et mes esprits, je m'installai sur le siège passager, pendant qu'il contournait la voiture pour prendre le volant. Le trajet ne prit que quelques minutes, Yann se gara dans une rue adjacente à la boutique de sapins.

— Je persiste à croire que cette tenue n'est pas franchement idéale pour une mission sapin, commenta Yann en m'aidant à sortir de la voiture.

— Ce n'est pas pour le sapin que je l'ai mise, soulignai-je, mutine.

Yann m'offrit un petit sourire discret et enroula son bras autour de ma taille pour m'attirer contre lui.

— Je sais, murmura-t-il à mon oreille. J'adore l'idée que tu l'aies mise pour moi, quand je ne songe qu'à te l'enlever.

J'éclatai de rire, afin d'éviter un rougissement violent. Yann plaqua un baiser sur ma tempe, mais je devinais un rire coincé dans le fond de sa gorge.

— Peut-être même qu'il ne sera pas nécessaire de l'enlever, ajouta-t-il.

Sa main glissa de ma hanche à ma fesse dans une caresse furtive, avant de reprendre sa place initiale. Nous gagnâmes la boutique, où le vendeur nous accueillit avec un grand sourire.

— Il sait qu'il nous a arnaqués l'an dernier, chuchotai-je, conspiratrice, à Yann.

— Pas d'importance.

Très vite, Yann donna le rythme, nous faisant entrer dans une première allée où étaient disposés de part et d'autre des dizaines de sapins. L'odeur de résine était très forte et, s'il n'y avait pas eu cet affreux bitume sous nos pieds, j'aurais pu jurer que nous étions en pleine forêt. Au-dessus de nous flottaient des lampions multicolores, purement décoratifs car, même si la lumière du jour était faible, elle était suffisante pour voir.

— Epicéa ? demandai-je à Yann en passant la main sur une des branches.

— Ce n'est pas celui qui perd ses épines ? s'inquiéta-t-il.

— Si. Il sera parfait dans le salon de Laura, souris-je, diabolique.

— Tu lui en veux pour le café ?

— Oui… Enfin, non… Pas vraiment. C'est… Je n'aime pas être dans la lumière.

— Emma, je te l'ai déjà dit, je ne compte pas me cacher avec toi. Tout le monde sera sûrement heureux pour nous ! contra-t-il en continuant à avancer dans l'allée. Que penses-tu de celui-ci ?

— Trop petit. Ils sont déjà heureux pour nous. Laura doit sûrement être en train de le dire à Grégoire en battant des mains ! m'exaspérai-je.

— Alors, où est le problème ? Personnellement, je monterais bien en haut de ce sapin pour le crier !

— D'une part, tu risquerais de te faire mal, et d'autre part… Dieu que ce sapin est laid ! m'écriai-je horrifiée en voyant sur ma gauche un arbre dépourvu d'aiguilles. Seulement 10 % de ristourne ! Ce type est un es… Quoi ? fis-je en voyant Yann éclater de rire devant mon air revêche.

— Rien ! répondit-il, hilare.

Je calai les poings sur les hanches et tapai du pied, espérant être un tout petit peu menaçante. Yann leva les mains devant lui et parvint à se calmer avant de s'approcher pour poser les mains sur mes hanches.

— Tu paniques, constata-t-il. Tu dévies toujours la conversation quand il s'agit de toi.

— C'est faux ! Sincèrement, tu ne peux pas nier que ce sapin est vraiment moche et que…

Yann me fit taire en posant son index sur mes lèvres. Je ravalai ma salive difficilement, pendant que toute pensée cohérente se perdait dans son regard étincelant. Il m'offrit un sourire heureux, affolant mon cœur et faisant flageoler mes jambes. La panique se disputait à… une plus grande forme de panique. Ou peut-être était-ce simplement du trac, car la panique pure m'aurait fait déguerpir dans la foulée.

— Peut-être que je n'aurais pas dû attendre autant, admit Yann. Notre relation était confortable et facile, je le sais, Emma. Et j'ai aussi la trouille de ruiner ça.

— Ce n'est pas…, tentai-je de le couper, avant d'être de nouveau soumise au silence par son index.

— Mais en dix ans, j'ai appris à te connaître, à déceler tes techniques de diversion, à voir dans ton regard quand tu es terrifiée, à déchiffrer tes sourires, tes raclements de gorge quand tu n'es pas d'accord avec quelqu'un. Je sais que Sinatra te rappelle ton père, je sais que tu pleurniches devant Forrest Gump.

— Juste à la fin, pondérai-je.

— Juste à la fin, admit-il, seulement pour me faire plaisir. Tes petites diversions ne fonctionnent pas avec moi, Emma. Et encore moins depuis la nuit dernière.

Ma respiration devenait progressivement plus heurtée, difficile même. La foule autour de nous m'empêchait de me concentrer convenablement et, quand mon regard revenait sur Yann, il accrochait le mien et me faisait haleter encore plus. Son pouce caressa ma lèvre doucement, avant que je ne réduise la distance entre lui et moi pour l'embrasser.

Notre baiser fut tendre et lent. Les mains déployées autour de sa nuque, je l'attirai contre moi, la sensation de panique ayant disparu au profit du désir.

— Je ne veux pas subir leurs questions, avouai-je finalement sur ses lèvres.

Il fronça les sourcils et me fixa intensément. Je baissai les yeux, réalisant à l'instant même où je le faisais que j'étais en train de me trahir.

— Emma, j'ai déjà épuisé ma dose de courage en t'invitant à dîner. Parle-moi, s'il te plaît.

— Julie, bougonnai-je en grattant le bout de ma chaussure contre le bitume.

— Quoi, Julie ?

— Ce qu'elle t'a demandé tout à l'heure, murmurai-je, les yeux rivés au sol.

— Ah… Ça ? C'est ça qui te… tourmente ?

Je hochai la tête, me sentant honteuse de mon aveu. Oui, c'était ça ! Peut-être que pour lui, la chose était évidente, mais pour moi…

— Regarde-moi, Emma, m'intima-t-il doucement.

— Epicéa ? chevrotai-je, en me fustigeant de mes réflexes trop naturels, pendant que Yann souriait largement.

Il attrapa mon visage entre ses mains, forçant mon regard à croiser le sien. Ses paumes chaudes sur mes joues m'enflammèrent encore plus, contrastant avec le tremblement intempestif de mes jambes. A moins qu'il ne s'agisse pas du froid, mais juste de lui. De lui, et de mon ventre qui se tordait presque douloureusement.

— Oui, murmura-t-il. Julie peut me détester, parce que oui, je suis vraiment… vraiment amoureux de toi, Emma.

Je m'entendis déglutir bruyamment, avant que de perfides larmes ne perlent à mes yeux.

— Forrest Gump ? se moqua gentiment Yann.

Je secouai la tête, toujours emprisonnée dans la cage de ses mains. Un sourire naquit sur mes lèvres et je jurai que si le vendeur était venu à cet instant précis, j'aurais pu acheter le plus laid de tous les sapins au prix le plus fort.

Quand Yann me libéra finalement, il prit ma main dans la sienne et la porta à ses lèvres dans un ultime baiser.

— Epicéa, donc, dit-il en baladant son regard sur les arbres autour de nous.

— Yann, je...

— Je pensais te le dire le soir de Noël, je vais donc devoir trouver un autre cadeau, soupira-t-il.

— Inutile, tu ne trouveras pas mieux. Epicéa alors ?

— Que penses-tu de celui-ci ?

Yann me désigna un sapin, honnêtement plutôt beau et à l'odeur forte. J'acquiesçai sans même regarder le prix et cherchai le vendeur des yeux. Il déboula dans la seconde — à croire qu'il traquait ses proies — et s'adressa immédiatement à Yann, m'ignorant royalement. Je restai à l'écart, pendant que Yann négociait une livraison pour la fin de la journée.

— On y va ? proposa-t-il après quelques instants.

— Où ?

— Chez Laura. Le sapin doit être livré et ils nous attendent pour le dîner.

Nous reprîmes la voiture de Yann. Après avoir fait à peine 50 mètres, Yann prit ma main dans la sienne et ne la lâcha pas de tout le trajet. J'avais plusieurs fois surpris ses regards sur mes jambes et même ses sourires discrets quand mon pouce caressait sa peau. L'aveu de Yann, perdu dans les sapins et la résine, avait soulagé la tension apparue sous l'avalanche de questions au café. Et libéré une autre forme de tension, intenable et incontrôlable, faisant flamber mon corps tout entier et envahissant mon esprit d'images vraiment indécentes. Je me forçai à regarder par la fenêtre, me morigénant contre les réactions de mon corps. Je râlais intérieurement, en songeant qu'il me faudrait encore me retenir ;

je n'appréciais pas de me donner en spectacle, surtout pour des démonstrations d'affection.

— Pourquoi n'y avions-nous pas pensé avant ? demandai-je finalement, brisant notre silence.

Yann libéra ma main, fit un écart brutal et me lança un regard rapide, avant de reprendre le contrôle de sa voiture et de ses esprits.

— Je veux dire, j'y avais déjà pensé, admis-je. Quand je t'ai rencontré, mais très vite, nous sommes devenus amis et l'idée s'est évaporée.

— La différence entre toi et moi, Emma : l'idée ne s'est jamais évaporée pour moi.

— Alors pourquoi avoir attendu ?

— Parce que je suis stupide ? tenta-t-il avec un sourire.

— Ce n'est pas vraiment la réponse que j'attendais. J'ai compris l'impact de ton travail et des propositions qu'on avait pu te faire, mais…

— Thomas, murmura Yann. Je t'ai présenté Thomas. Il t'a dit que tu étais ravissante, quand pour moi, la chose était tellement évidente que…

— Tu étais jaloux ? m'exclamai-je, consternée.

— Pas au sens premier du terme !

— Il n'y a pas de sens second du terme. Tu étais jaloux de Thomas à cause d'une tortilla ? m'enquis-je de plus en plus stupéfaite.

— A cause de ta réaction. Tu ne comprends pas, Emma. Evidemment que j'ai déjà pensé à être… intime avec toi. Il faudrait être stupide pour ne pas le vouloir. Mais quand j'ai réalisé qu'un jour, tu nous présenterais quelqu'un, du genre M. 1-2-3…

— Je ne ratisse pas assez bas pour sortir avec ce genre d'individus, soulignai-je.

— Certes. M. 1-2-3, finalement, c'était peut-être la

moins pire des idées. Nous l'aurions tous détesté et tu aurais fini par le larguer. Mais si tu avais trouvé un type bien, sympa, drôle…

— … comme Thomas ?

Il hocha la tête, son regard s'assombrissant doucement. Ses poings se resserrèrent autour du volant et il fixa l'horizon en soupirant. J'étouffai un rire, songeant à quel point, à chaque rendez-vous que nous annonçait Yann, j'étais anxieuse et prête à attaquer n'importe qui façon bouledogue.

— Je redoutais aussi l'instant où tu finirais par ramener une blonde outrageusement sexy.

— Jalouse donc ? s'amusa Yann.

— Pas au sens premier du terme ! J'étais… inquiète. Parce que je réalise maintenant que tu tenais une place vraiment importante dans ma vie.

— Emma, même si cela avait été le cas, même si j'avais rencontré la femme de ma vie, jamais je ne t'aurais écartée.

— Toi non, mais elle, sûrement… Qu'est-ce que tu fais ? lui demandai-je alors qu'il s'enfonçait dans une impasse, deux blocs avant la rue de Laura.

— Je ne peux pas conduire et avoir cette conversation en même temps, annonça-t-il en coupant le contact. Pourquoi parlons-nous de ça ?

— Je ne sais pas. Il y a encore une semaine, tu étais Yann. Et maintenant tu es *Yann*.

— Tu as toujours été *Emma*, pour moi. Tu as toujours eu cette place particulière pour moi.

— En tête de liste des numéros préenregistrés, souris-je, bêtement.

— En tête de toutes les listes du monde.

Comme au milieu des sapins, ma respiration devint courte et tortueuse. Yann me fixait avec cette déconcertante ardeur, comme s'il me sondait pour mieux m'attirer à lui. Je secouai la tête, consciente que nous avions franchi une limite invisible, mais qui m'avait offert une perspective inédite sur notre relation.

— Tu sais que tu es particulièrement agaçant avec tes répliques d'avocat talentueux, râlai-je en croisant les bras sur ma poitrine.

— Ai-je fait mouche ?

Je me morigénai de nouveau, tournant la tête vers la vitre pour cacher le rire que je retenais. C'était un rire nerveux, un rire défensif qui consistait à faire croire que j'étais un roc inébranlable, alors qu'en vérité, je me noyais dans un déferlement d'émotions. Inexorablement, Yann me cadenassait à lui.

— Pourquoi n'as-tu pas fait le premier pas ? s'enquit-il soudainement.

— Je te demande pardon ? fis-je, perdue.

— Au début. Quand nous nous sommes rencontrés.

— Oh, oui, je vois très bien la scène. Emma, je te présente Yann, il est étudiant en droit. Yann, voici Emma, la colocataire de ma sœur, accessoirement vierge et…

— Vierge ? s'écria Yann.

— Vierge, acquiesçai-je. Un étudiant de quatrième année a heureusement mis fin à ce…

— Tu étais vierge ? répéta-t-il, incrédule. Vierge, comme dans…

— Vierge, Yann. Remets-toi, j'ai beaucoup appris depuis. Comment aurais-je pu croire que j'avais l'ombre d'une chance avec toi ? Et comme je te l'ai dit, ça s'est évaporé finalement. Nous sommes devenus amis, je n'avais aucune raison de demander plus. Cette résidence est nouvelle, non ?

— Emma ! me gronda-t-il en attrapant ma main.

Merde, je l'avais encore fait… Encore et toujours cette technique de diversion dès que la conversation prenait un tour personnel et intime. Pourquoi n'arrivais-je pas à dire que j'étais simplement heureuse d'être avec lui ?

Il porta ma main à ses lèvres, m'embrassant doucement pendant que son regard vrillait le mien. Mes joues rougirent dans l'instant, les images de la nuit dernière affluant automatiquement.

— Je sais à quoi tu penses, chuchota-t-il.

Je souris faiblement, à la fois intimidée et reconnaissante qu'il lise en moi si facilement. De toutes mes relations amoureuses, je devais admettre que Yann avait au moins cet avantage : il décryptait mes réactions mieux que quiconque.

— Et je ne plaisantais pas ce matin, je veux vraiment vivre avec toi, Emma.

Je soupirai, peu encline à m'engager sur ce terrain glissant. J'étais tiraillée entre l'envie d'être avec lui et la sensation que notre relation allait à une dangereuse vitesse. Bien trop dangereuse pour être viable.

— Tu ne joues pas de tes… talents, cette fois ? l'interrogeai-je avec ironie.

— J'ai de multiples talents, Emma, assura-t-il, un brin présomptueux. Donne-moi une bonne raison de refuser.

— C'est trop tôt !

— On se connaît depuis dix ans. Je ne veux pas attendre plus.

— Et si je deviens une horrible mégère ?

— Tu seras *mon* horrible mégère. Tout me va, tant que tu es à moi. Et avec moi. J'ai juste envie de passer du temps avec toi, rien qu'avec toi. J'adore Grégoire et Julie, mais ça ne me suffira pas, Emma. J'ai envie de me dire qu'en rentrant le soir, je trouverai ma mégère préférée dans son super-pyjama en flanelle et un plat de lasagnes au four…

— Je le savais ! m'écriai-je. Tu fais ça pour la bouffe ! C'est… C'est absolument… C'est la chose la plus mesquine qui soit !

Yann éclata de rire, pendant que je retenais le mien. Furtivement, je songeai à l'idée de lui avouer que j'étais d'accord depuis l'instant même où il me l'avait demandé.

— Emma, je t'aurai, d'une manière ou d'une autre. A l'usure, grâce au sexe ou à mes petits déjeuners au lit, mais je t'aurai.

— Petit déjeuner au lit ?

— Je le savais ! s'écria-t-il. Tu le ferais pour la bouffe !

— Possible. Toutefois, puis-je avoir une formule combinée, sexe *et* petit déjeuner au lit ?

— Tes désirs sont des ordres, murmura-t-il avec un immense sourire.

Je sentais le regard de Yann sur moi. Il me fixait, attendant que je me décide. Comme s'il ne connaissait pas déjà la réponse. Je l'entendis retenir un rire, puis il se racla la gorge dans l'espoir de reprendre son sérieux au milieu de cette conversation qui l'était.

— Ce n'est peut-être pas le moment de t'annoncer que j'ai pris la liberté de faire un sac pour emménager ce soir dans ton tiroir à sous-vêtements !

Cette fois, je ne pus retenir mon rire et pouffai comme une adolescente. Me tournant vers lui, j'attrapai son visage entre mes mains, sentant ses joues un peu râpeuses chatouiller mes paumes.

— Je sais maintenant pourquoi tu es un excellent avocat.

— Je ne plaide que ce en quoi je crois. Et je crois en nous. Peu importe que notre relation ait dix ans ou à peine vingt-quatre heures, ce que je ressens pour toi ne s'estompera pas. Et pour être tout à fait honnête, j'ai une affection particulière pour ton pyjama. Je ne peux clairement pas l'abandonner comme ça, après tout ce que je lui ai fait subir hier, et…

— Chut, lui intimai-je avant de poser un léger baiser sur ses lèvres entrouvertes. Redemande-moi. Comme ce matin.

Pendant un court instant, il me sembla que sa respiration se coupa. Son regard se voila et ses yeux se fermèrent en signe d'assentiment. Mon cœur frappait dans ma poitrine, plus vraiment de panique, de trac ou d'angoisse ; mais juste pour lui, juste à l'idée que chaque matin, je sentirais cette barbe légère sur ma peau et que je croiserais ce regard brillant.

Rien qu'à moi.

— Emma, veux-tu que nous vivions ensemble ? demanda-t-il d'une voix enrouée.

— Oui, murmurai-je avant de l'embrasser avec tendresse.

Malgré l'exiguïté de la voiture, nous parvînmes à nous rapprocher l'un de l'autre. Je reconnus ce désir cavalant sous ma peau et échauffant mon corps, le même que celui que j'avais ressenti quand Yann m'avait embrassée contre la voiture. Invariablement, quand il m'embrassait, je perdais mes repères. Mon cœur s'emballait, mes jambes tremblaient, mon estomac se décrochait au fin fond de mes pieds, avant de faire un looping pour remonter dans ma gorge.

Quand il s'écarta de moi, haletant et les yeux brillants, un sourire large illuminait son visage. Je souris aussi : j'aimais le rendre heureux.

— Est-ce que tu as vraiment fait ton sac ? demandai-je, en jetant un coup d'œil rapide vers la banquette arrière.

— Une valise entière en fait, avoua-t-il en riant.

— Pourquoi toi, n'as-tu pas fait le premier pas ?

Il fronça les sourcils, désarçonné par mon changement brutal de conversation. Puis il haussa les épaules, comme si la réponse lui était venue logiquement.

— Tu venais te blottir dans mes bras, tu me serrais contre toi. Je n'étais pas assez cinglé pour mettre ça en péril.

— Tu profitais de la situation !

— J'adorais ça, admit-il. Tu veux la vérité ?

J'opinai, mon estomac se tordant d'anticipation. Yann avait de nouveau ce regard sombre, possessif et pénétrant. Il me fixait, humectant doucement ses lèvres, comme un prédateur aurait fixé sa proie, attendant le bon moment pour la capturer pour de bon.

— J'aime ça encore plus maintenant, chuchota-t-il, avant de poser sa bouche contre la mienne.

A la seconde où nos lèvres furent en contact, mon corps me brûla de l'intérieur. Le désir, l'envie, peut-être même le confinement de sa voiture se mélangeaient et éveillaient toutes mes terminaisons nerveuses. Je passai les bras autour de sa nuque, et la position légèrement inconfortable me tira un gémissement de frustration.

Yann s'écarta de moi, le souffle court, son regard bleu éblouissant prenant une teinte presque noire.

— Viens ici, m'intima-t-il en m'attirant en avant pour me faire asseoir sur ses cuisses.

Il captura mon visage entre ses mains et moula ses lèvres contre les miennes. Je le sentis sourire largement, quand un gémissement s'échappa de ma gorge. Le désir parlait pour moi et j'avais besoin de sentir que Yann me désirait tout autant. Malgré l'étroitesse des lieux, je me sentais curieusement à l'aise, comme si mon corps, en retrouvant celui de Yann, faisait fi des contraintes extérieures et du volant qui heurtait mon dos.

A califourchon sur ses cuisses, ma robe remonta jusqu'en haut de mes jambes. Je me redressai légèrement, mon corps épousant celui de mon amant. Sa langue cajolait lentement la mienne, allant à contre-courant de la frénésie qui habitait mon corps. Mes mains caressèrent sa nuque, avant de se faufiler à l'intérieur de son pull pour y trouver ses épaules. A son tour, Yann se redressa, se décollant du siège pour me laisser libre accès.

Ses mains quittèrent mon visage et, la seconde suivante, son siège glissa brutalement vers l'arrière, m'offrant un peu plus d'espace. Ses doigts agrippèrent ensuite mes cuisses, remontant doucement vers le bord de ma robe. Il quitta mes lèvres, sa bouche parcourant la peau de mon cou, me faisant un peu plus onduler contre lui.

— Ici ? demanda-t-il dans un murmure.

— Maintenant !

Je retirai les mains de son pull, avant de l'empoigner et de le lui retirer. Yann bascula la tête en arrière, ses doigts passant maintenant sous ma robe pour saisir mes fesses.

— Il faut que tu enlèves ça, grogna-t-il, en tirant sur mon collant.

— Non, il faut que *tu* enlèves ça, corrigeai-je avec un sourire.

Il sourit à son tour et captura mes lèvres dans un nouveau baiser. Doucement, il fit remonter ma robe sur mes hanches, ses paumes caressant mes flancs et remontant jusqu'à la lisière de mon soutien-gorge. Sa bouche quitta la mienne et longea ma mâchoire, avant de taquiner le lobe de mon oreille.

— Comme je le disais ce matin, murmura-t-il, en

m'ôtant rapidement ma robe pour la jeter sur le siège arrière, tes désirs sont des ordres.

Son regard brûlant se posa sur mes seins, et je me félicitai d'avoir choisi ma plus belle parure de lingerie après ma douche ce matin. Ses doigts pianotèrent sur ma peau, le long de mon dos, longeant le sillon de ma colonne vertébrale. Je creusai les reins, accentuant le contact entre mon intimité brûlante et son évidente érection.

Enhardie par mon excitation et surtout par le souvenir de la déclaration de Yann au milieu des sapins, je dégrafai mon soutien-gorge et libérai ma poitrine. Ses yeux s'élargirent et son sourire, d'abord heureux, se transforma soudainement en pure gourmandise. D'une main, il me tira contre lui, le haut de mon corps effleurant son torse, pendant que son autre main passait sur mon ventre avec légèreté. Son index glissa sur le sillon de peau entre mes seins, provoquant une nouvelle vague de désir chaud et débordant.

— Rien qu'à moi, murmura-t-il en traçant des cercles de plus en plus petits autour de mon sein droit.

Après quelques minutes et un nombre honteux de gémissements indécents, il passa la pulpe de ses doigts sur mes mamelons érigés. Je basculai violemment la tête en arrière, engloutie par la puissance du regard de Yann. Mais, très vite, il me ramena vers lui, sa main se refermant presque douloureusement sur ma nuque. Il colla son visage au mien, sa respiration courte se synchronisant avec la mienne.

D'un mouvement de main nerveux, je repoussai les cheveux qui cachaient mon visage, échangeant avec Yann un sourire heureux. Au-delà du désir, de l'envie et de la chaleur brûlante qui gangrenaient mon corps, il y avait ce lien indéfectible entre lui et moi. Il me connaissait parfaitement et cela se confirma quand j'entendis le son de sa voix, un peu enrouée.

— Je t'aime aussi, souffla-t-il, en enfonçant ses longs doigts dans ma chevelure. Et par avance, toutes mes condoléances à ton collant.

— Il est censé être ultrarésistant !

— Crois-moi, ce n'est pas un vulgaire bout de Nylon qui m'empêchera d'être en toi d'ici environ vingt secondes.

L'instant suivant, il agrippa le collant à hauteur de mon ventre et tira dessus sèchement. J'entendis un craquement significatif et Yann releva les yeux vers moi, une lueur de contentement dans le regard. Ses doigts s'insinuèrent dans la déchirure, qui se propagea aussitôt à toute ma cuisse droite. Très vite, mon collant se transforma en lambeaux de Nylon et je me retrouvai en shorty bleu sur les cuisses de Yann.

— J'ai gagné, murmura-t-il en caressant doucement mes cuisses. Quel est mon prix ?

Sans plus attendre, je l'embrassai doucement, taquinant sa langue en me frottant effrontément contre lui. Un grognement mourut dans ma bouche et j'écrasai un peu plus ma poitrine contre son torse. Mes mains passèrent dans ses cheveux, mes ongles s'enfoncèrent dans son cuir chevelu. Yann resserra sa prise contre moi, pendant que je me redressais sur les genoux, le surplombant légèrement.

Je plantai mon regard dans le sien, consciente que mes joues un peu rouges devaient trahir mon état d'excitation avancé. Un sourire s'esquissa sur ses lèvres pendant que mes mains passaient sur son torse. Je sentis ses muscles se crisper sous mes caresses, tandis que sa respiration, qu'il essayait de contrôler en vain, devenait saccadée. Quand j'atteignis la boucle de sa ceinture, il m'encouragea, relevant les hanches pour m'aider. Il posa une main sur les miennes, mais je le repoussai en le réprimandant gentiment.

— Laisse-moi faire, chuchotai-je.

Je parvins à défaire sa ceinture, avant de m'attaquer à la rangée de boutons de son jean. Je m'humectai les lèvres, songeant à une caresse intime que notre position ne me permettait pas. Un peu frustrée, je tirai rageusement sur son jean, révélant un boxer blanc.

— Calvin Klein est un choix très judicieux, le complimentai-je.

— Je trouve que toute cette situation est très judicieuse !

Il battit un peu des jambes, faisant tomber son jean à ses chevilles. Je me réinstallai sur ses cuisses, Yann posant doucement les mains sur mes hanches. J'avais envie de prendre mon temps, mais le lieu ne s'y prêtait pas. Au milieu de ce quartier résidentiel, n'importe qui aurait pu nous surprendre. Je faufilai ma main dans le boxer de Yann, ce dernier fermant les yeux dans un puissant gémissement de satisfaction. Comme je m'y attendais, il était très excité, tendu, prêt à être en moi.

Je le caressai lentement, ma main allant et venant sur lui. Je m'attardai un peu plus sur le bout de son sexe, et Yann grimaça, se tortillant sur son siège en haletant légèrement.

— J'avais dit vingt secondes, râla-t-il en pinçant mes fesses entre ses mains.

Il m'attira brusquement contre lui, pendant que mes doigts s'affairaient à le libérer de son boxer. Il longea le bord de mon sous-vêtement, déjà très humide de mon excitation, et l'écarta au niveau de l'entrejambe. Je n'avais jamais fait l'amour ainsi. Ni dans une voiture, ni avec cette excitation ravageuse, ni avec mon shorty toujours sur moi.

Me redressant légèrement, Yann me guida, avant

de s'enfoncer en moi. Nos râles emplirent l'habitacle, vite remplacés par mes gémissements de plaisir. Yann contrôlait mes mouvements, me faisant coulisser sur lui dans une lenteur tortueuse. Mes mains s'accrochèrent au siège, espérant trouver une prise favorable.

Mais, très vite, Yann effaça le léger espace entre nos deux corps et me serra contre lui. Je nichai la tête dans son cou, devinant les pulsations de sa carotide. Yann accélérait le mouvement, mes hanches se heurtant à son bassin dans un rythme frénétique.

— J'adore être en toi, murmura-t-il sur ma peau. Encore, bébé !

— Trop… fort, haletai-je. Trop…

— Encore, bébé. Dis-le !

Perdue dans les premières vagues montantes de mon orgasme, je marmonnai son prénom sans vraiment réfléchir. Yann m'écarta de lui, prenant mon visage en coupe pour m'embrasser.

— Dis-le, Emma. Dis-le. Dis-moi que tu veux être avec moi ! chuchota-t-il, en lutte contre le désir qui le gagnait de plus en plus.

— Je veux… être avec toi, soufflai-je sur ses lèvres.

— Je t'aime, Emma.

— Je t'aime aussi.

Yann bougea légèrement, provoquant une stimulation de mon point G qui me fit aussitôt hurler de plaisir. Je m'effondrai sur lui, terrassée par l'orgasme, le sentant jouir en moi violemment, ses bras m'enserrant avec force. En sueur et soudainement fatiguée, je devinais la bouche de Yann sur mon épaule, picorant ma peau. Nos respirations reprirent un rythme décent, mais mon cerveau restait embrumé.

— Epouse-moi, Emma.

Chapitre 8

♪ The best is yet to come ♫

— Epouse-moi, Emma, répéta Yann d'une voix un peu plus assurée.

Je m'écartai doucement de lui, mettant un maximum de distance entre son corps et le mien. Je me soulevai, le libérant ainsi complètement, avant de réajuster mon shorty, légèrement malmené par notre étreinte brutale.

Yann était en plein délire. Ou son café avait été frelaté par une drogue ou un alcool extrêmement puissant. Son regard brillant était pourtant sincère, toujours fiévreux de notre étreinte, mais avant tout inquisiteur.

Il était sérieux !

Je secouai la tête, récupérant à tâtons mon soutien-gorge pour me rhabiller. Je fuyais le regard de Yann, réfléchissant à toute vitesse à un moyen de faire diversion.

— Il faut qu'on y aille, dis-je en cherchant des yeux ma robe.

— Emma…

— Laura doit nous attendre.

— Tu es encore en train de paniquer ?

— Ma panique est à la hauteur de ton délire. Tu ne sais pas ce que tu dis, Yann.

— Bien sûr que si. Je veux t'épouser, répéta-t-il, comme si la situation était normale.

Je me redressai afin de récupérer ma robe. Après la chaleur que j'avais ressentie, j'étais maintenant saisie par le froid. Je regagnai ma place, enfilant ma robe maladroitement et me fustigeant d'avoir laissé Yann déchirer mon collant.

— C'est l'ambiance de Noël. Je vais dire à Simon de cesser de passer du Sinatra en boucle. Ça ne doit pas être très bon pour les neurones à long terme. On finit par avoir des comportements étranges.

— Tu ne veux pas m'épouser ? fit-il avant de passer son pull.

— Non !

— Non ?

— Pas maintenant ! m'exclamai-je.

— Donc, ce n'est pas un non !

— Yann, tu es en pleine descente orgasmique. Tu es embrumé, et tu es persuadé d'être le roi du monde parce que tu m'as arraché mon collant

— Soi-disant super-résistant. Je suis le roi du monde, Emma. Au moins du tien !

Je soupirai lourdement, la situation commençait à m'agacer. A vrai dire, je n'étais pas agacée par la demande de Yann, ni par son ultraconfiance en lui, ni même par mon collant perdu pour la bonne cause. J'étais agacée de sentir mes yeux bouger d'eux-mêmes et le chercher du regard.

Au cliquetis de la ceinture de Yann, je tournai ostensiblement la tête pour le voir soulever les hanches et ranger son précieux matériel. Evidemment, il surprit mon regard et un sourire malicieux orna ses lèvres. Je me forçai à prendre un visage fermé à toutes négociations, mais il n'était pas dupe.

— Et je veux te présenter à ma mère ! continua-t-il.

— Ta mère me connaît déjà.

— Pas comme étant ma fiancée.

— Ta fiancée ? hurlai-je, déclenchant un fou rire de la part de Yann. Je ne suis pas ta fiancée, Yann !

— Pas encore.

— Tu m'agaces ! Ecoute, on va mettre cette petite conversation sur le compte de l'euphorie d'avoir baptisé le siège avant, ou… sur l'odeur persistante de la résine de sapin, proposai-je, conciliante.

— C'est vrai, je suis euphorique. Mais ce n'est pas le sexe, c'est d'être avec toi.

— Pitié, Yann. Tu n'as pas le droit de faire ça !

Je croisai les bras sur ma poitrine, prenant un ton boudeur. Yann riait toujours, se moquant éperdument de mon effroi et de sa demande malvenue. Il se passa une main dans les cheveux, se recoiffant ainsi comme il le pouvait, et mit le contact de la voiture.

— Démarre !

— Madame Garnier, vos désirs sont…

— La ferme, Yann ! Tu ne peux pas te servir de cette réplique quand ça t'arrange, le réprimandai-je. Maintenant, roule !

Yann leva les mains devant lui et je lui jetai un regard que je voulais sombre. En vain. Son sourire était en train de fendiller ma belle armure d'indignation et de panique. Il manœuvra pour nous sortir de la petite impasse, tout en chantonnant *The Best is Yet to Come*. J'esquissai un sourire.

Voir Yann heureux me rendait heureuse et anéantissait tous mes efforts pour paraître forte.

— Je sais pourquoi tu souris, lança-t-il alors que l'appartement de Laura était en vue.

— Je souris parce que tu souris, répondis-je.

— Et je souris parce que tu vas devenir ma femme.

— Yann…

— Tu n'as pas dit non, me rappela-t-il.

— Et je n'ai pas dit oui.

— Juste un détail, s'esclaffa-t-il.

— On ne vit même pas ensemble ! m'exclamai-je, exaspérée par sa désinvolture.

— La faute à qui ?

— Sûrement au type qui a attendu dix années pour m'inviter !

Un sourire amusé flotta sur ses lèvres. Il se gara face à la résidence de Laura et poussa un long soupir. Brutalement, l'atmosphère joyeuse de notre conversation prit un ton plus sérieux. Rien qu'à la façon dont Yann agrippa ma main pour la porter à ses lèvres m'indiqua que nous n'étions plus dans la plaisanterie.

— Epouse-moi, répéta-t-il, dans un chuchotis contre ma peau.

Je me sentis frissonner, sûrement un peu à cause du froid, mais essentiellement à cause du regard de Yann vrillé dans le mien. Il était de nouveau en train de plaider sa cause, quand moi je cherchais un argument valable. Du moins, assez valable pour qu'il ne me parle pas de nos dix dernières années de relations idylliques.

— Yann, je…

— « Non » n'est pas une réponse acceptable, me prévint-il avec un léger sourire.

— Et « oui » est prématuré, tu ne crois pas ?

— Peut-être, admit-il à contrecœur. Dans ce cas, offre-moi une réponse acceptable. Une réponse qui nous satisfera tous les deux.

— Génial ! Un compromis, râlai-je.

Yann libéra ma main et se rapprocha de moi. Je me tendis instantanément, m'inquiétant des différents pouvoirs de persuasion qu'il avait sur moi. Je ne pouvais pas dire oui. Pas comme ça, pas après une demande en mariage post-orgasme. Orgasme fabuleux, certes, mais qui déglinguait mes capacités à réfléchir convenablement.

Je sentis son souffle chaud dans mon cou, ses doigts caressant tendrement mes cheveux, son regard puissant sur moi.

— Pas aujourd'hui, murmurai-je, quasiment incohérente.

— C'est une réponse acceptable, convint-il, satisfait. On peut aller rejoindre les autres.

Et aussitôt, il s'écarta de moi et ouvrit sa portière pour quitter la voiture. Je le fusillai du regard en voyant le sourire insolent qui ornait ses lèvres. Une fois de plus, il avait exploité mes faiblesses pour avoir gain de cause. Une réponse acceptable…

Il ouvrit ma portière et m'aida à enfiler mon manteau. Les jambes nues, je grelottais. Nous courûmes jusqu'à l'entrée de la résidence de Laura et nous réfugiâmes aussi vite que possible à l'intérieur.

— On dîne avec eux et ensuite, on rentre chez toi, me rappela Yann alors que nous attendions, main dans la main, que Laura nous ouvre la porte.

Je lui lançai un regard, amusée par sa hâte à être seul avec moi.

— Et ne prends pas de dessert au restaurant, j'ai déjà tout prévu, ajouta-t-il avec un clin d'œil.

— Tu me diras, si je dois t'appeler « maître » ou « seigneur », ironisai-je.

— J'y penserai, souffla-t-il alors que j'entendis Laura défaire la chaîne de sa porte.

Je tentai de réprimer un rire dans ma gorge. Je devais me tenir. Il fallait surtout que je trouve une excuse pour mon absence de collant. Même si je me doutais déjà que Laura aurait sa petite idée. Il suffisait de voir mes joues encore un peu rouges, la chevelure folle de Yann et notre air niais à tous les deux.

— Oh ! Une dernière chose, ajouta Yann en libérant ma main.

— Oui ?

— Ce soir, garde ta robe. Je persiste à croire qu'il n'est pas utile de l'enlever, murmura-t-il, avant de s'éloigner vivement de moi pour étreindre Laura.

— Enfin ! s'écria cette dernière en s'écartant de Yann avant de loucher sur mes cuisses.

— Il y avait beaucoup de monde, nous excusa Yann.

— Et beaucoup de pertes, visiblement. Tu t'es fait attaquer par un sapin ?

— Tu me connais… je suis *tellement* maladroite, expliquai-je.

— Je suis certain que Laura va pouvoir te dépanner d'un jogging, proposa Yann en entrant dans l'appartement surchauffé.

— Un jogging ? répéta Laura, incrédule. Yann, m'as-tu déjà vue en jogging ?

Le sourire de Yann s'effaça progressivement. Ses yeux passèrent de Laura la flippante à moi, au bord de la crise de rire. Laura pencha la tête, attendant visiblement une réaction de la part de Yann.

— Je suis certaine que Yann a une réponse… acceptable à cette question. N'est-ce pas, Yann ?

— Je… euh… Je vais aller rejoindre… les autres. Au salon, compléta-t-il, mortifié, mais sans esquisser le moindre geste.

— Allons dans ma chambre, me proposa Laura. Je dois avoir une paire de bas.

Sans ajouter un mot, elle me prit par le bras. J'eus tout juste le temps de croiser le visage de Yann, stupéfait et perplexe. La bouche légèrement entrouverte, il nous observait nous éloigner.

— Chaloupe des hanches et joue la femme fatale, me chuchota Laura au bout de quelques secondes.

— Quoi ?

— Et retire cet air niais de ton visage ! m'intima-t-elle, me faisant immédiatement ravaler mon sourire. Si tu n'offres aucune résistance, il finira par croire qu'il est le maître du monde et il n'est pas question que je te laisse t'enfermer dans une relation de ce genre.

— Quoi ? répétai-je alors que nous entrions dans la chambre.

— O.K., c'est Yann. Yann, Yann, Yann. Je n'entends que ce nom dans ta bouche depuis que je vous connais tous. Mais maintenant que le grand mystère est résolu et que vous vous êtes vus nus, est-ce qu'on peut faire comme s'il était un type normal ?

— Laura, je ne comprends pas un traître mot de ce que tu racontes ! soufflai-je en m'effondrant sur son lit.

— Enfile ça, m'intima-t-elle, en me lançant une paire de bas.

Laura s'installa près de moi, attendant patiemment que mes jambes soient de nouveau recouvertes de Nylon.

Je vérifiai ma silhouette dans son miroir et me recoiffai rapidement.

— C'était vraiment important pour que tu ne m'en parles pas. Yann ? Vraiment ?

— Ce n'était pas prémédité, dis-je en me tournant vers elle.

— Oh ! Je sais. Enfin j'imagine. Je savais que ça arriverait, fatalement. Yann te regarde toujours avec cette sorte d'admiration dans le regard. Sincèrement, n'importe qui de l'extérieur pourrait trouver ce genre de choses déplacé. Mais quand on vous connaît, quand on sait à quel point vous êtes proches, c'est d'une évidence !

Je risquai un sourire, rougissant légèrement à la description de Laura. Julie était encore dans une période fleur bleue, romantique, alors que Laura était plus posée, plus dans l'analyse. Son flair, toujours et encore, la caractérisait.

— Grégoire sait, m'informa-t-elle.

— Je m'en doutais ! Pourquoi ne peut-on pas garder un fichu secret dans cette bande ?

— Emma, je...

— Enfin, c'est dingue ! m'exclamai-je en commençant à arpenter la pièce nerveusement. On ne voulait pas se cacher... juste... prendre notre temps pour l'annoncer.

— J'en ai conscience, Emma. J'ai tout fait pour...

— Oh ! Arrête, je sais comment fait Grégoire pour te soutirer des informations.

— Evidemment que tu le sais, rétorqua-t-elle en riant, Yann lui a appris sa technique ! J'ai mis des semaines à apprendre à lui résister ! Cela étant dit, je n'ai pas eu le choix, Emma.

— Pas eu le choix ? Tu as pourtant réussi à te contenir au café, devant Julie et Thomas !

— Me contenir ? Parlons-en ! Grégoire a vu l'Audi de Yann en venant.

Je me figeai, rougissant cette fois jusqu'à la racine des cheveux. Laura leva un sourcil, démontrant ainsi le ridicule de mon emportement. Je me tordis les mains, cherchant une explication rationnelle.

— Nous… changions de radio, soufflai-je, mortifiée.

— Je cite Grégoire : « Les vitres étaient pleines de buée, ambiance Jack et Rose dans *Titanic.* » Il m'a même chanté du Céline Dion.

— Il nous a vus ? chuchotai-je, avec l'envie furieuse de me planquer sous le lit.

— Il a vu la voiture. Et j'ai vu vos visages à la porte et, crois-moi, Céline chantait derrière vous à tue-tête.

— Et on fait quoi maintenant ?

— Maintenant ? On va décorer le sapin, proposa-t-elle en se levant.

Je restai pétrifiée devant elle. C'était le moment ou jamais.

— Ce n'est pas la fin du monde, Emma, me rassura Laura. C'est même plutôt une bonne nouvelle ! J'ai fait promettre à Grégoire de ne pas être trop… euh… lui.

— Bon sang, tu es vraiment amoureuse de lui pour croire qu'il peut se retenir !

— En effet, avoua-t-elle avec un sourire attendri. Mais il est heureux pour vous et il comprend que vous deviez l'annoncer vous-mêmes.

Nous sortîmes de la chambre. J'avais la sensation de traverser le couloir de la mort, jusque dans le salon de Laura. J'entendais le rire de Yann, léger, facile.

— Julie sait aussi, alors ? demandai-je dans un chuchotis à Laura.

— Non. Pour l'instant, sa préoccupation principale

est Thomas. Du moins, la préoccupation principale de Thomas est Julie.

Elle s'arrêta net au milieu du couloir, fronça les sourcils, avant de se tourner vers moi et de reprendre sa marche.

— D'ailleurs, ils me font penser à toi et Yann. Et il n'est pas question que ce truc dure…

— … dix ans, souris-je. Mais ça valait le coup d'attendre.

— Encore heureux ! se lamenta-t-elle. Prête ?

Je franchis le seuil du salon avec la sensation que mon cœur allait bondir de ma poitrine. Je n'imaginais pas ce que Laura avait dû ressentir quand Grégoire nous l'avait présentée. Sincèrement, j'étais admirative.

Grégoire se débattait avec le sapin, jurant entre ses dents pour le faire tenir droit, tout en pestant contre les épines qui lui piquaient la peau.

— Et merci pour les épines, me glissa Laura, d'un air pince-sans-rire. Tu vois, Emma, c'est justement à ce genre de détails que tient une amitié : le nombre d'épines qui finiront sur mon parquet.

— Je croyais que ça tenait à mon don pour la cuisine ?

— Es-tu en train de me faire du chantage ? m'interrogea-t-elle en croisant les bras sur sa poitrine.

— Possible. Est-ce que ça marche ? m'enquis-je avec un sourire.

— Possible.

— On le décore, ce sapin ? proposa Yann derrière moi.

Je pivotai vers lui, souriant en le découvrant, une guirlande enroulée autour du cou, déposant le lourd carton de décorations qu'il portait sur la table basse. Il me fit un clin d'œil furtif. Thomas le suivit avec un second carton, avant de grimacer en voyant le sapin, légèrement de travers, menacer de s'effondrer sur Grégoire.

— Où est Julie ? demandai-je en observant Yann et Thomas aider Grégoire.

— En cuisine.

— Tu as laissé Julie seule dans une cuisine ?

— Elle a proposé de découper le gâteau qu'elle a acheté. Je crois qu'elle cherche à impressionner Thomas, répondit Laura en regardant, à son tour, en direction du sapin.

Pour être honnête, j'étais quant à moi plus intéressée par Yann et son torse moulé dans ce superbe pull. Julie arriva par surprise à mes côtés.

— Je... Euh... Tu as acheté un gâteau ? demandai-je.

Elle opina, fière d'elle, et sautilla pour aller rejoindre les garçons. Ces derniers étaient finalement parvenus à caler le sapin et tournèrent leur attention vers Julie en l'entendant arriver près d'eux. Yann me lança un coup d'œil discret, son regard passant sur moi et sur mes jambes. Le coin de sa bouche se souleva et il hocha doucement la tête en signe d'approbation.

Avec Laura, nous les rejoignîmes et nous commençâmes à piocher dans les cartons de décorations. Je contournai le sapin et me postai près de Yann, le frôlant à dessein.

— Alors Yann, as-tu pu soutirer des informations à Emma ? demanda finalement Julie en accrochant une boule devant elle.

— Laura m'a dit que tu avais rencontré quelqu'un ? renchérit Grégoire avec un sourire qui ne laissait aucun doute sur son niveau d'information.

— J'ai rencontré quelqu'un, admis-je dans un souffle. C'est... une vieille connaissance, dis-je, stupéfaite par ma propension au mensonge par omission.

— Quelqu'un de la fac ? m'interrogea Grégoire. Parce

que si c'est le cas, je connais forcément. Qu'en penses-tu, Yann ?

— Je pense que… qu'Emma est une grande fille, maintenant, éluda-t-il en plongeant dans un des cartons de décorations.

Je ne pouvais pas vraiment lui en vouloir d'agir ainsi, mais quand il revint à mes côtés, je le fusillai du regard.

— Et si on s'intéressait plutôt à la dernière conquête de Yann ? lançai-je avec enthousiasme.

— Oui, cette fille avec qui tu as dansé ! reprit Thomas en me regardant à la dérobée.

— Ça avance, ça avance.

— Vraiment ? s'écria Laura. Franchement, j'ai hâte de la connaître !

— Elle est un peu… intimidée par tout ça.

Brutalement, la guirlande entre mes mains était très intéressante. Je pris un soin particulier à l'accrocher dans l'arbre, en tentant de faire abstraction du regard de Laura sur moi. Malgré moi, je me sentis rougir et me cachai derrière ma chevelure en espérant me faire engloutir par le parquet.

— Intimidée ? répéta Laura, stupéfaite.

— Un peu. Mais elle est… incroyable, avoua Yann avec un sourire.

— J'aimerais qu'on me dise que je suis incroyable, soupira Julie, défaite.

— Mais tu l'es, rebondit immédiatement Thomas.

— Non, pas comme ça. Comme Yann le dit, dit-elle conquise.

Je jetai un coup d'œil vers Yann. Il me regardait et je compris ce que Julie voulait dire. Il avait ce regard profond et intense sur moi. Ce seul regard qui m'avait fait fondre plus d'une fois depuis à peine vingt-quatre heures. Je songeai à tout ce que nous nous étions dit dans la voiture. Mais tout allait si vite entre nous ; il y a quelques jours encore, nous étions amis et voilà que nous allions devenir un couple vivant ensemble et maintenant un couple… marié ?

— Tu peux m'aider ? demandai-je à Yann en désignant une branche un peu plus haute.

Il opina, posa les mains sur mes hanches et me souleva légèrement pour que je place une boule rouge vif. Quand il me reposa au sol, ses mains restèrent sur mes hanches quelques secondes, avant de me libérer. Quelques secondes suffisantes pour réaliser à quel point j'avais besoin de le sentir physiquement près de moi.

— Arthur va faire une dépression ! se lamenta soudainement Julie.

— Arthur ? Qui est Arthur ? demanda immédiatement Yann.

— Un collègue de bureau qui trouve Emma très à son goût.

— N'est-ce pas le grand blond athlétique ? s'enquit Laura avec curiosité.

Julie hocha la tête, un sourire ravi aux lèvres. Le regard de Yann passa de Laura à Julie, avant de revenir sur moi. Je haussai les épaules. Arthur ne m'avait jamais physiquement attirée. J'aimais son humour, mais l'attirance s'arrêtait heureusement là.

— Il parle quatre langues, expliqua Julie. Ce type, en plus, est d'une drôlerie absolue.

— C'est vrai, renchérit Laura. Il a une repartie incroyable. Ce type est génial !

— C'est ça, fais comme si je n'étais pas là, l'encouragea Grégoire avec un grand sourire.

— Mais puisque Emma a rencontré quelqu'un, souligna

Yann d'une voix forte. On peut peut-être laisser sa chance à ce mec avant le « grand-blond-athlétique-à-la-super-repartie ».

— Yann, tu ne vas quand même pas être jaloux ? s'amusa Laura. Et tu as oublié de dire qu'il parlait quatre langues.

Yann marmonna dans sa barbe et s'intéressa finalement à la guirlande qu'il tordait entre ses mains depuis dix secondes. J'étouffai un rire, m'amusant de cet aspect récurrent de la personnalité de Yann : la jalousie.

— Julie, je sais qu'Arthur va être déçu, mais sincèrement... je préfère mon brun — pas si athlétique que ça — actuel.

— Sûre ? s'inquiéta-t-elle.

— Certaine. Je n'ai jamais été aussi sûre de quelque chose.

Yann tourna le visage vers moi, la stupéfaction faisant place peu à peu à autre chose. Quelque chose de plus profond, de plus violent et plus intime. Son regard sombre me fit tressaillir. Je connaissais ce regard. Sa déclaration dans les sapins me revint immédiatement en tête.

— Je ne te savais pas si convoitée, murmura Yann avec un sourire.

— Tu n'as pas idée, soufflai-je.

— Bon, Emma est définitivement sortie du marché des célibataires. Et toi, Yann ? reprit Grégoire, soulevant à son tour Laura pour lui faire atteindre le haut du sapin.

— Pourquoi ? Tu veux me faire rencontrer une grande blonde athlétique qui parle quatre langues ? s'amusa Yann.

— Curieux comme ce signalement correspond à Svetlana. Exception faite des quatre langues, évidemment, concéda Grégoire avec une grimace.

— Qui est Svetlana ? demanda Thomas.

— Une erreur manifeste, répondis-je aussitôt très sèchement, en attrapant une boule de Noël au fond d'un carton.

— Et une très longue histoire. Une histoire du passé, compléta Yann à mon intention. J'ai tiré un trait sur les blondes.

— Dieu soit loué, souffla Julie avec soulagement. Donc cette fille ? demanda-t-elle avec intérêt.

— Elle est… différente. Tellement différente de ce que j'imaginais, ajouta-t-il un ton plus bas. Stupéfiante !

— Et jolie, ajouta Thomas.

— Incroyable, stupéfiante et jolie. Je sens que je déteste déjà cette fille, marmonna Julie en continuant de décorer le sapin.

J'étouffai un rire et me mis sur la pointe des pieds pour caler une guirlande. Yann passa à mes côtés et leva simplement le bras pour m'aider à la mettre. Quand il baissa les yeux sur moi, mon cœur s'emballa. Machinalement, je passai la langue sur mes lèvres, espérant que mon halètement passerait inaperçu.

— Emma, si tu me dis que ton mec est incroyable, stupéfiant et beau comme un dieu, je jure que je te pends à cette guirlande, me menaça Julie.

— Il est beau, admis-je. Et possessif. Et il a proposé de m'apporter le petit déjeuner au lit.

Yann écarquilla les yeux et blêmit brutalement, sentant le piège se refermer sur lui. Il secoua furtivement la tête, m'intimant l'ordre de me taire.

— Quel genre d'homme fait ça ? s'écria Grégoire en dirigeant son regard vers Yann.

— Un homme romantique, le défendit Laura. Peut-être que tu devrais en prendre de la graine !

— Je sens que je vais te détester aussi, renchérit Julie.

C'est tellement injuste que vous tombiez amoureux en même temps et pas moi ! râla-t-elle.

— Julie et sa quête du Saint-Graal, soupira Grégoire. Tu sais qu'ils ne l'ont jamais trouvé, n'est-ce pas ?

— Merci de tes encouragements. Je suis à ça de la dépression ! protesta-t-elle en mimant un espace restreint entre son pouce et son index.

Thomas ouvrit la bouche, mais la referma aussitôt. Visiblement, ses tentatives d'approche ne s'étaient pas révélées fructueuses.

— Si Emma a trouvé, tu trouveras, ajouta-t-il.

Je lui lançai une boule au visage, qu'il esquiva adroitement et qui termina son trajet contre le mur.

— Il m'a demandée en mariage, lançai-je finalement, l'air de rien.

Il y eut un silence assourdissant et inédit. Laura et Grégoire, bouche bée, me fixaient, à mi-chemin entre effroi et consternation. Thomas retint un rire en se pinçant les lèvres, pendant que Julie clignait furieusement des yeux, se demandant certainement si elle rêvait ou non. Du bout des lèvres, je chantonnai la même chanson que Yann avait fredonnée dans la voiture.

— Dis-moi que tu lui as dit « oui », m'implora Laura.

— Je n'ai pas dit « non », avouai-je.

— Je ne sais pas si cette guirlande est assez solide pour supporter mon poids, s'interrogea Julie en étirant une guirlande argentée entre ses mains.

— Tu dois lui dire « oui », reprit Laura. C'est… c'est d'une telle évidence.

— Attends, attends, tu le connais ? la coupa Julie.

De nouveau, il y eut un silence. Grégoire lança un regard à Laura, Thomas fixait Yann qui avait les yeux rivés sur la boule de Noël devant lui. Mon regard alterna entre

Laura, toujours sous le coup de ma révélation, et Yann. Qu'il n'ose pas me regarder m'inquiéta, mais, très vite, je devinai son sourire et enfin son regard croisa le mien.

La seconde suivante, il saisit mon visage entre ses mains et posa sa bouche sur la mienne dans un baiser tendre. Son sourire était toujours vissé sur ses lèvres et me contamina bientôt. Je m'entendis glousser bêtement, réalisant à quel point j'avais été stupide de vouloir cacher ça. Quand, finalement, il s'écarta de moi, je remarquai que le silence régnait toujours. Yann passa derrière moi, son bras me tenant fermement contre lui.

Un rire m'échappa en voyant le visage consterné et figé de Julie. Elle nous pointait de l'index, pétrifiée, les yeux grands ouverts.

— Vous… Tu… Enfin… Yann et toi… vous…

— Oui, Julie, soufflai-je.

— Vous allez… vivre… en… ensemble ?

— Oui, Julie. Et oui, j'ai demandé à Emma de m'épouser. Chose qu'il n'était pas nécessaire de révéler, souligna-t-il à mon intention.

— Tu veux un verre d'eau, Julie ? demanda Thomas, inquiet.

— Un verre d'eau ? Oui, c'est… une bonne idée, bégaya-t-elle, toujours sous le choc.

Thomas fila dans la cuisine et lui rapporta un verre d'eau dans l'instant. Elle en but une petite gorgée, mais son regard bloqué sur le bras de Yann autour de ma taille prouvait qu'elle mettrait du temps à assimiler l'information.

— Co… comment ? demanda-t-elle. Enfin, je veux dire… Est-ce que…

— Julie, c'est récent, je t'assure, dis-je.

— Je suis ravie pour vous deux, s'exclama Laura en

nous étreignant avec force. Soulagée aussi, parce que cette tension sexuelle devenait intenable.

Grégoire souriait largement, nous couvant du regard comme si ses deux oisillons avaient enfin pris leur envol. Brutalement, je me sentis gênée de m'afficher ainsi. Les regards convergeaient sur nous, et pour moi qui n'appréciait pas spécialement d'être le centre de l'attention, c'était perturbant.

— Grégoire, je savais que tu savais, lança Yann en riant.

— Comment tu sais que je sais ?

— On a vécu ensemble quatre ans, je te rappelle : je te connais ! Tu ne sais pas cacher un secret, tu trépignes comme un gosse et tu parles avec une petite voix aiguë.

— Mais pas du tout ! s'offusqua-t-il dans un couinement, avant de réaliser qu'il venait de le faire.

— Est-ce que le dîner tient toujours ? demanda Thomas.

— Hors de question qu'on change les règles parce que ces deux-là ont décidé de… de faire ce qu'ils ont envie de faire, prévint Julie. Ils nous doivent un resto !

— Tu te remets vite, constatai-je en levant un sourcil.

— Finissons de décorer le sapin, proposa Laura. Et vous deux, interdiction de vous toucher dans mon salon.

La demi-heure qui suivit fut étrange et… normale. Julie passait son temps à me regarder, comme si je lui avais annoncé que j'étais un être hermaphrodite. Et son regard était encore plus curieux quand Yann me parlait ou posait la main dans le bas de mon dos. Je tentais de l'ignorer, mais je sentais bien que cette évolution dans notre groupe la perturbait.

Ce n'est que lorsque le hasard décida de qui lui offrirait un cadeau que son attention fut finalement captée par Thomas.

Quoique j'eus des doutes sur le fameux « hasard »,

soupçonnant Laura d'avoir voulu mettre un terme à une nouvelle relation inhabituelle, exclusive, mais chaste entre Julie et Thomas.

Paradoxalement, alors que je craignais un grand chamboulement dans notre vie de groupe, les pièces de notre puzzle semblaient se mettre en place très facilement. La seule grande différence, c'étaient mes contacts avec Yann : sa main calée dans la mienne, son bras autour de mes épaules, ses petits regards protecteurs, ou sa façon de poser de légers baisers sur ma tempe.

— Nous avons réservé pour six, annonça Yann au maître d'hôtel. Au nom de Garnier.

— Suivez-moi, indiqua ce dernier en nous dirigeant dans le restaurant jusqu'à une table, un peu en retrait.

Yann tira ma chaise galamment, avant de se pencher à hauteur de mon oreille.

— Pas de dessert, bébé.

— Pas ici, en tout cas, approuvai je.

Au cours du dîner, Thomas m'entraîna dans un rapport détaillé de sa conversation avec M. Gauthier après notre départ précipité de la fête de charité. Apparemment, mon apparition aux côtés de Yann avait fait cancaner toute l'assemblée.

— Il a été déçu de votre départ, m'annonça Thomas.

— C'est juste son attrait pour la nouveauté, lança Yann. Et il a regardé Emma comme si elle était un morceau de viande, c'était indécent.

— Tu exagères, il était juste surpris. Tu ne parles pas de ta vie privée et, soudain, tu arrives avec Emma, sans donner plus de détails et…

— Sans donner plus de détails ? s'étonna-t-il.

— Yann, tu lui as juste donné mon prénom. J'aurais

très bien pu être ta sœur ou… ta meilleure amie. Il était curieux et surpris, l'excusai-je.

— Génial, marmonna Yann. Je ferai envoyer des fleurs à sa femme pour m'excuser.

— C'est justement où je voulais en venir : vous dînez avec lui et sa femme, dans trois semaines, dans leur maison sur la côte, sourit Thomas.

— On quoi ? s'écriâmes à l'unisson Yann et moi.

— Voyez le bon côté des choses, souligna Thomas avec un sourire, peut-être que d'ici là, tu pourras compléter les présentations.

J'étouffai un rire, pendant que Yann, estomaqué, cherchait ses mots. Il finit son verre de vin d'un trait et secoua la tête. Machinalement, je posai la main sur sa cuisse, cherchant à le rassurer. Son regard croisa le mien et, instantanément, nous repartîmes dans notre monde. Je serrai un peu plus mes doigts sur sa jambe, le caressant doucement. Cette nouvelle intimité, simple et presque instinctive, me plaisait.

— J'ai toujours cru que toi et Emma aviez couché ensemble à la fac, lança Grégoire, désinvolte.

Yann toussa violemment, manquant de recracher sa gorgée de vin. Je fixai Grégoire, éberluée, avant de m'adresser à Yann.

— Une explication ? tentai-je en me retournant vers Yann.

— Tu me demandes une explication pour ce qui sort du cerveau de ce fou furieux ? s'étonna-t-il.

— Mais cela explique cette erreur manifeste avec Svetlana, renchérit Grégoire.

— Dieu du ciel, le voilà habité par Freud, soupira Laura en se resservant du vin.

— Tu penses que je suis sortie avec Svetlana parce qu'elle…

— … était l'exact opposé d'Emma. C'est évident ! s'exclama Grégoire. Tu voulais la brune, fragile et douce et tu es tombé sur…

— Rambotte ? finit Julie, incertaine.

— Rambotte ? répéta Thomas.

— Blonde, dépourvue de neurones et étonnamment musculeuse, lança-t-elle comme explication. Très déroutante cette fille.

Yann pencha la tête sur mon épaule, cherchant du réconfort. Nos regards se croisèrent furtivement et il risqua un sourire.

— Le pire, c'est qu'il a probablement raison, murmura-t-il, déconfit. Mais Svetlana était très gentille.

— Sûrement, pour une fille qui faisait une pointure 44, souligna Julie.

Laura pouffa dans son verre, suivi par Thomas et Grégoire. Yann grimaça légèrement et je l'embrassai furtivement pour le consoler. Julie nous fixa, toujours sous le choc de notre nouvelle relation.

— Pardon. Promis, je vais finir par assimiler tout ça, assura-t-elle.

— Tu aurais préféré que je sorte avec Arthur ? demandai-je en riant.

— C'est juste… bizarre. En fait, qui a séduit l'autre ? s'enquit-elle avec curiosité.

D'un mouvement synchrone, Yann et moi nous désignâmes l'un l'autre d'un geste de l'index. Julie leva un sourcil, pendant que nous éclations de rire.

— Julie, ce n'était pas une question de séduction, pondérai-je.

— Sympa, merci ! fit remarquer Yann en prenant son

verre entre les mains. De la part de la fille qui m'a proposé de lui retirer son pyjama…

— Mais pas du tout ! m'offusquai-je. Je voulais juste dire que notre relation n'avait rien d'exceptionnel. C'est presque normal !

— Enfonce encore un peu le poignard dans mon dos, grimaça Yann.

— Emma, il se souvient de la chanson sur laquelle vous avez dansé. Et, même si je ne souhaite pas en savoir plus, il t'a demandé de l'épouser ! s'écria Julie. Si Yann n'était pas Yann, je serais capable de monter un complot visant à te tuer pour prendre ta place.

Le serveur vint pour débarrasser nos plats et, quelques instants plus tard, nous offrit les cartes pour choisir notre dessert. La recommandation initiale de Yann me revint en tête immédiatement. Nous échangeâmes un regard et mon corps se tendit d'anticipation. Ma main se serra sur sa cuisse et ses lèvres s'étirèrent dans un sourire prometteur.

— On rentre, dit-il dans un chuchotis.

— Yann, on ne…

— Ce n'était pas une question. On rentre. Chez nous, ajouta-t-il avec un sourire.

— Mais…

Son regard sombre m'interrompit dans l'instant. Il posa sa bouche à quelques centimètres de mon oreille et son souffle chaud réveilla mon corps. A son tour, il posa la main sur ma jambe gainée des bas de Laura, repoussant ma robe jusqu'à en atteindre le bord.

— Si on ne rentre pas tout de suite, je vais te faire l'amour dans la voiture. Et ce n'est clairement pas ce que je préfère.

Je déglutis bruyamment, sentant le bout de ses doigts caresser ma peau. Laura lui demanda de l'eau, qu'il lui servit avec un immense sourire, pendant qu'il repoussait discrètement mon bas de quelques centimètres. Je respirais lourdement, le feu aux joues, les conversations autour de nous me parvenant dans un bourdonnement.

— Et que dirais-tu de prendre un bain ? murmura-t-il à mon oreille.

— On rentre, acquiesçai-je d'une voix forte.

— Déjà ? fit Laura, faussement surprise.

— Enfin, grogna Yann à mes côtés en se levant de table. Faites-vous plaisir, prenez un dessert, buvez du vin et faites envoyer la note chez moi.

— Chez nous, corrigeai-je avec fierté en me levant à mon tour.

Yann m'adressa un sourire ravi avant de m'embrasser furtivement sur les lèvres en murmurant un « merci ».

— Dieu du ciel, soupira Julie. Partez d'ici avant qu'on m'arrête pour assassinat !

— Je dois justement avoir une paire de menottes à la maison, commenta Thomas, un brin ironique.

Julie lui adressa un sourire, le premier véritable depuis que Yann et moi étions arrivés chez Laura. Il répondit furtivement à son sourire, comme s'il était fatigué de s'époumoner pour rien. J'espérais que Julie ouvre les yeux. Thomas avait l'air d'un type bien et j'avais presque de la peine pour lui de le voir faire tant d'efforts pour si peu d'attention.

— Donc, ta mère t'a appris à cuisiner ? lui demanda finalement Julie.

Le visage de Thomas s'éclaira. Peut-être qu'il avait bien fait finalement de s'accrocher. Yann prit ma main et m'entraîna vers la sortie du restaurant. Le froid nous saisit et nous courûmes presque jusqu'au parking où Yann avait garé sa voiture. Nous gagnâmes mon appartement en moins de vingt minutes et ce n'est que quand Yann coupa le contact que je sentis l'atmosphère changer.

— Tu descends ta valise ? demandai-je à Yann alors qu'il retirait sa ceinture de sécurité.

— En espérant que tu veuilles toujours me faire une place dans tes tiroirs.

— Avec plaisir, murmurai-je. Comme toujours, avec toi.

Il se contenta de sourire et sortit de la voiture pour récupérer sa valise. Nous rejoignîmes mon appartement et à peine avais-je fermé la porte que Yann me plaquait contre elle, ses lèvres exigeantes prenant possession des miennes.

— Le dessert maintenant. Tourne-toi.

— Ici ?

— Tu ne veux pas ?

— Je croyais qu'on devait prendre un bain ?

— Tu as des plans ? s'amusa-t-il en posant les mains sur mes fesses.

— T'incluant tous.

— Parfait. Un bain alors.

Quelques minutes plus tard, je remplissais ma petite baignoire, m'inquiétant de la taille de Yann et de sa capacité à tenir là-dedans.

— Tu réfléchis ? s'enquit-il en effaçant de son pouce la ride entre mes deux yeux.

— J'ai peur que la baignoire soit trop petite. Tu es déjà en boxer ?

— Ça sera parfait, Emma, ne t'inquiète pas. Laisse-moi te déshabiller. Décidément, je n'aurai pas le plaisir de tester « avec la robe », ironisa-t-il en me l'enlevant.

Je levai les bras docilement, sentant ses doigts effleurer ma peau dans la manœuvre. Il jeta la robe sur le côté et j'entendis clairement sa respiration se couper quand il me vit devant lui, en sous-vêtements et avec la paire de bas que Laura m'avait prêtée.

— Il faut avouer que ces choses sont nettement plus pratiques que les collants.

— Plus pratiques pour quoi ? fis-je, innocemment.

— Te faire l'amour. Et t'attacher au lit. Voire les deux en même temps. Ce qui laisse beaucoup de possibilités.

Il se pencha devant moi et, très lentement, fit glisser de ses mains le premier bas le long de ma jambe. Ma respiration s'accéléra, son contact léger, furtif, attisant plus que de raison mes terminaisons nerveuses. Je frissonnai, mais je savais que ce n'était aucunement à cause du froid. La vapeur de l'eau chaude commençait à envahir la petite pièce, m'aidant à me détendre.

— Soulève ton pied, murmura Yann en retirant complètement mon bas.

— Tu es très précautionneux.

— Parce que j'espère qu'ils vont resservir. Notamment pour les deux choses que je viens de mentionner, précisa-t-il alors que je haletais presque.

Ses mains remontèrent le long de ma jambe dans une douce caresse. Yann releva les yeux vers moi. Je le fixais, fascinée par l'homme que j'avais devant moi. Il pouvait être si possessif et maître de lui quand nous étions seuls que c'était presque déroutant. Il attrapa le haut de mon bas et, comme pour le premier, le fit rouler sur ma jambe.

Se redressant, il passa derrière moi et dégrafa mon soutien-gorge, qui rejoignit le reste de mes vêtements au sol. Enfin, ses pouces accrochèrent mon shorty, déjà bien malmené par notre étreinte dans la voiture, et il le descendit jusqu'à mes chevilles, s'agenouillant presque dans la manœuvre. Il se remit debout, ses doigts effleurant l'arrière de mes genoux, mes fesses, puis mes hanches.

— Tu es superbe, chuchota-t-il en embrassant mon épaule.

Je fermai les yeux, l'excitation me rendant complètement sans défense. Je ne savais pas si c'était sa voix, la simple vibration contre ma peau ou peut-être sa seule présence derrière moi, mais j'étais complètement à sa merci, incapable de réagir à ses gestes.

— Rentre dans la baignoire, bébé.

Je m'exécutai, me figeant au contraste des températures. L'eau déborda légèrement quand Yann s'installa derrière moi et m'attira contre lui.

— Je n'ai jamais fait l'amour dans une baignoire, m'informa-t-il avec un sourire.

— Je croyais que tu voulais m'attacher au lit ?

— L'un n'empêche pas l'autre, assura-t-il, ses mains passant sur mes seins, avant de se poser sur mon estomac. Laisse-moi faire.

Ce soir-là, nous fîmes l'amour dans la baignoire.

Et sur mon lit.

Deux heures plus tard, alors qu'il neigeait et que la nuit était tombée depuis longtemps, je retrouvai ma position favorite. J'étais lovée dans les bras de Yann et nous regardions notre film fétiche *Quand Harry rencontre Sally*. Yann jouait avec une mèche de mes cheveux, tout en se moquant de Harry et de sa trouille phénoménale.

Je tournai le regard vers Yann, observant son profil ciselé et si masculin. Au sourire qui flottait sur ses lèvres, ce fameux sourire qui m'était désormais réservé, je sus qu'il avait senti mon regard. Mais il ne cessa pas de jouer avec ma mèche de cheveux, ni de regarder le film.

Sûrement qu'il savait ce que je regardais. Je passais une main dans ses cheveux, retenant un rire en sentant des traces d'humidité de notre bain. Savoir que Yann avait l'odeur de mon gel douche m'avait valu un terrible fou rire alors que j'étais attachée à mon lit. Yann pencha la tête, épousant ma caresse.

— Bébé ? fit-il, les yeux rivés sur l'écran.

— Oui ?

— Il faut que je défasse ma valise.

— Ça peut attendre demain.

— C'est vrai, admit-il.

Il replongea dans le film, me serrant un peu contre lui.

— Bébé ? fit-il de nouveau, quelques secondes plus tard.

— Oui ?

— Epouse-moi.

Ma respiration se coupa dans l'instant et ma main se figea dans ses cheveux, juste au-dessus de sa nuque.

— Et donne-moi une réponse acceptable, chuchota-t-il en tournant finalement le visage vers moi.

— Je…

— Je te le demanderai tous les jours, s'il le faut. Epouse-moi.

Avec un sourire, je l'attirai contre mes lèvres, avant de basculer en arrière, m'allongeant sur le canapé. Je devinais le sourire de Yann contre ma bouche, avant qu'une larme ne roule sur ma joue. Il s'écarta de moi et plongea son regard étincelant dans le mien.

Et finalement, perdue dans son sourire heureux et alors que ses mains exploraient déjà mon corps, je lui offris la seule réponse acceptable.

Epilogue

♪ *I've been loving you* ♫

Curieusement, on se souvient toujours des détails infimes des moments importants de son existence. Je me souviens, par exemple, de l'odeur de cannelle qui flottait dans la cuisine de mes parents le jour de Noël.

Je me souviens du pansement en forme d'ours que maman a collé sur mon genou éraflé, le jour où, perdant le contrôle de mon vélo à six ans, j'ai fini dans la haie. Mon genou a survécu, pas la haie.

Je me souviens de la tape dans le dos que m'a donnée mon père quand j'ai reçu ma lettre d'acceptation pour l'université. Il y avait dans son regard cet incroyable mélange de fierté et de confiance, qui m'a encore plus remué que le courrier que j'avais entre les mains.

Je me souviens aussi de la voix d'Otis Reding alors que je passais le portall de la maison en direction de l'université. *A Change is Gonna Come,* chantait-il de sa voix rocailleuse. Avec le recul, je me rends compte à quel point cette chanson était prédestinée. Mes parents m'ont salué, attendant patiemment que ma voiture disparaisse au premier virage. Et après ça, effectivement, ma vie a changé.

Je me souviens du jour où j'ai rencontré Grégoire. Du moins, je me souviens de la couleur de la serviette de bain avec laquelle il se frictionnait la tête. Elle était rose. Grégoire persiste à dire, encore aujourd'hui, qu'elle était saumon. Ou corail, quand sa mauvaise foi culmine. Peu importe, puisqu'elle était rose.

Débarquer dans ce dortoir sans connaître personne ne m'effrayait pas. En revanche, voir le minuscule lit de Grégoire plier sous son poids dès qu'il s'y installait me faisait continuellement envisager le pire. J'ai toujours cru que ce lit finirait par lâcher. Mais après quatre ans de bons et loyaux services, le lit a tenu bon.

— Je m'appelle Grégoire, s'est présenté mon futur coloc en tendant la main.

— Yann, ai-je articulé en sentant sa poigne écraser douloureusement mes doigts.

— De la région ? a-t-il demandé en m'arrachant la valise que je traînais derrière moi.

— Chicago. Euh… merci.

— J'ai pris le lit qui est là, m'a-t-il indiqué du pouce, j'espère que ça ne te dérange pas.

— Ça ira.

Il aurait été difficile de ne pas être ami avec Grégoire. Le détester revenait à détester Winnie l'ourson. Bien sûr, il était impressionnant, musclé, grand. Tout ce que je n'étais pas et que je ne serais jamais, malgré sa bonne volonté à me faire faire du sport. Mais il avait ce sourire de gosse perpétuellement vissé sur les lèvres. L'enthousiasme de Grégoire, que ce soit pour aller courir 20 kilomètres ou pour sortir dans un bar, a toujours été le meilleur des catalyseurs.

Grégoire est très vite devenu mon meilleur et improbable ami. Il était manuel, là où moi, je peinais à planter un simple clou. Il riait de bon cœur, joyeusement, les yeux plissés et en frappant dans ses mains quand la situation lui apparaissait irrésistiblement drôle — malheureusement, il m'a refilé cette habitude. Et puisqu'on parle des souvenirs, je ne me souviens pas d'un jour où je n'ai pas ri avec lui.

Un jour, sortie de nulle part, Julie a débarqué dans notre chambre. Elle a toqué, doucement, presque timidement.

— Tu as encore oublié tes clés, ai-je râlé, en tirant sur la poignée de la porte.

— Euh… non. Je suis Julie, s'est-elle présentée, en me tendant la main.

Et rien qu'à son sourire, j'ai compris qu'elle était la sœur de Grégoire. Après avoir analysé les choses, je sais désormais que c'est le seul trait physique qu'ils ont en commun. Ça et les fossettes sur leurs joues qui leur donnent cette apparence enfantine.

— La sœur de Grégoire, a-t-elle complété, un peu embarrassée.

— Oh, oui. Entre !

Je me suis effacé, observant ce bout de femme déambuler dans notre capharnaüm puant. Par respect pour la gent féminine, j'évitais de ramener une fille dans ma chambre. Vu son état, ça n'aurait de toute façon pas plaidé en ma faveur. Mais Julie étant la sœur de Grégoire, j'en ai rapidement déduit qu'elle devait avoir l'habitude de ce genre de spectacle.

Même pas un froncement de nez, ni un soupir, encore moins un regard désapprobateur. En deux minutes, elle avait pris possession de l'espace.

— Grégoire est en cours, il ne devrait pas tarder, ai-je dit finalement pour rompre le silence.

— Je sais.

Gracieusement, elle s'est assise sur mon lit, prête à patienter le temps qu'il fallait. A la va-vite, j'ai glissé nos vêtements sales sous mon lit et ramassé mon livre de droit jeté au sol dans un moment de désespoir.

— Je suis Yann.

— Je sais.

Un sourire malicieux éclairait son visage. J'ai enfilé un T-shirt — sale, évidemment — et, des yeux, j'ai cherché — en vain, évidemment — de quoi boire ou grignoter. Je n'ai pas brillé par mes bonnes manières ce jour-là.

— Greg m'a dit que tu faisais du droit ?

— J'essaye, à vrai dire, ai-je pondéré en fusillant du regard mes cours entassés au bord de la fenêtre.

— Deuxième année ?

— En effet. Tu as emménagé sur le campus ?

— Oui. Dans le même type de chambre. L'odeur en moins, Dieu merci !

Et c'est à cet instant précis que s'est construit mon premier souvenir insignifiant mais indispensable de Julie. Elle levait les yeux au ciel. Et elle le faisait tout le temps. Un jour, j'ai compté : trente fois.

Trente fois avant 10 heures du matin. C'était effrayant car, même quand je le lui ai fait remarquer, elle a continué à le faire. Et juste après, elle a croisé mon regard, irritée de s'être fait prendre et en même temps amusée de me voir l'imiter. C'est vite devenu un jeu entre nous, presque une forme de communication.

Je prends conscience maintenant que Julie m'a aussi refilé sa mauvaise habitude.

Je ne sais pas comment je suis devenu ami avec Julie.

Mais du jour où elle a pénétré dans notre chambre d'étudiants, et surtout quand j'ai vu Grégoire la jeter sur son épaule en riant grassement, j'ai eu la sensation étrange d'avoir hérité d'une petite sœur moi aussi.

Julie est de ces femmes qui sortent de l'ordinaire, elle vous communique son surplus d'énergie, vous entraîne dans des fêtes improbables, vous assure que tout va bien, alors même qu'elle est en larmes avec une boîte de mouchoirs entre les mains. Dans une même conversation, elle vous parle de Sallinger, digresse sur un spectacle d'opéra, se réjouit des soldes à venir et finit avec un sourire énigmatique sur les lèvres, façon Joconde ultra-vitaminée.

Julie et Grégoire ont été, à ce jour, sûrement les deux rencontres les plus importantes de ma vie. J'ai quitté la maison pour en trouver une autre, chaleureuse, loyale et incroyable.

Et sans Julie, sans Grégoire, je n'aurais jamais rencontré Emma.

Elle est juste devant moi et, même si je ne vois que son dos, je devine ses yeux brillants, sa bouche rose et son air concentré. Elle fait la cuisine et répand cette délicieuse et familière odeur dans l'appartement.

— Je sais que tu me regardes, lance-t-elle.

— Tu me donnes faim, me justifié-je, mes yeux naviguant sur ses fesses emprisonnées dans un jean brut.

— Tu devrais plutôt finir ce que tu as commencé depuis trois jours !

— Je suis dessus. Je réfléchis.

— En me regardant ? m'interroge-t-elle en se tournant vers moi.

— En te regardant, oui.

Abandonnant mon crayon, je me dirige vers elle et

plaque les mains sur ses hanches. Elle se fige, un peu surprise, et un sourire orne ses lèvres. Je dépose un baiser dans son cou, me régalant de son odeur si particulière et entêtante.

— Je n'ai pas encore trouvé meilleure source d'inspiration, murmuré-je sur sa peau.

— Tu es censé être au point pour demain, je te le rappelle.

— Je le serai. Crois-moi. Cesse donc de me torturer avec ton alléchant postérieur !

— J'admire ton sens du romantisme !

— Je croyais que tu préférais mon pragmatisme, souligné-je, mes mains quittant ses fesses pour trouver le bouton de son jean.

— Yann, je cuisine ! s'exclame-t-elle, sans conviction. Et tu as du travail. On a tout le temps pour ça.

Elle repousse gentiment ma main et la porte à sa bouche pour l'embrasser. Me libérant, elle pivote sur elle-même et me propose de goûter la sauce qu'elle prépare. Elle souffle doucement sur le contenu de la cuillère et j'ouvre la bouche, prêt à tester.

— Il faut que je pense à remercier ton père de t'avoir appris ce genre de choses !

— Retourne travailler, m'intime-t-elle.

— Vos désirs sont des ordres, mademoiselle Rousseau.

Elle acquiesce et je regagne ma place, replongeant dans mes souvenirs.

Ce dont je me souviens de ma rencontre avec Emma ? La météo. Il tombait des trombes d'eau ce jour-là.

Emma a débarqué, trempée jusqu'aux os, grelottante, les lèvres bleues, le teint pâle. Nous étions en pleine pause déjeuner avec Grégoire et Julie, quand cette dernière a bondi de sa chaise et a fait signe à Emma.

— Il pleut, non ? l'a taquinée Grégoire, la bouche pleine, en riant.

— La ferme ! a-t-elle râlé.

— Tu devrais investir dans un parapluie, ai-je suggéré. Elle m'a fusillé du regard, croisant les bras sur sa poitrine d'un air revêche, avant de s'asseoir près de moi. Je n'ai pas pu retenir mon sourire, pendant qu'elle essuyait nerveusement les gouttes d'eau qui roulaient sur ses joues.

— C'est Emma. Ma colocataire, a précisé Julie. Emma, voici mon frère, Grégoire, et Yann, son colocataire.

Grégoire a relâché son hamburger et tendu sa main graisseuse pour saluer la nouvelle venue. Toujours grelottante, elle a esquissé un faible sourire. L'instant suivant, j'ai retiré ma veste et je l'ai posée sur ses épaules.

— Une frite ? ai-je proposé en poussant mon assiette vers elle.

Sans le savoir, j'avais lancé le premier des rituels que je partagerais avec Emma. Comme ça, en deux secondes de spontanéité, j'avais posé les bases de notre relation. La nourriture…

Je relève les yeux vers Emma qui s'affaire toujours en cuisine, mélangeant une salade tout en chantonnant du Sinatra.

Après ma rencontre avec Emma, après qu'elle a définitivement adopté ma veste — toujours portée disparue depuis ce jour de pluie —, j'ai eu la sensation d'avoir trouvé une forme d'équilibre. Il y avait les cours, évidemment, mais aussi Grégoire et ce lit qui pliait, Julie et son sourire jocondien. Et puis Emma, diamétralement opposée à Julie. Calme, silencieuse et dissimulée derrière ce bouclier — son humour corrosif, sa repartie et ses tactiques pour contrer ses crises de panique.

Si être auprès de Grégoire m'assurait de rire toutes les

dix minutes, être avec Emma m'apportait un bien-être et un confort absolus. C'était presque déconcertant. Et peu à peu, être avec Emma est devenu un automatisme, une agréable habitude à laquelle vous ne pensez plus, tant tout cela est naturel.

Ma troisième année de fac a été catastrophique. J'ai décroché un stage dans un grand cabinet prestigieux. Ce qui a semblé être une opportunité est devenu en fait un véritable cauchemar. J'ai douté de tout, de moi, de ce que je voulais faire, de mes motivations profondes à faire ce métier. Je ne supportais plus la suffisance des avocats que je côtoyais, l'injustice brûlait mes convictions profondes. J'étais à deux doigts de tout plaquer.

— Tu ne peux pas faire ça, Yann, m'a un jour lancé Julie, sa main calée dans la mienne. Tu as trop travaillé pour ça.

— Ce n'est pas ce que je veux faire, ai-je grogné en me relevant brutalement du canapé. Je ne veux pas être… un être abject dénué d'humanité.

— Voilà ce qu'on gagne à trop regarder *Ally Mc-Beal*, a pouffé Grégoire, entraînant les autres dans un rire collectif.

— Grégoire ! a râlé sa sœur, en tentant de réprimer son rire. Ce n'est pas vraiment le moment.

— Je vais t'offrir une trottinette, comme dans le générique, a-t-il renchéri. Et si vraiment tu y tiens, on chantera dans les toilettes tous les quatre !

Un rire s'est échappé de ma gorge, pendant que Grégoire, sa bière à la main, commençait à chantonner le générique, bientôt suivi par Julie, hilare. Emma les a regardés, presque effrayée, avant de se tourner vers moi, incrédule. Elle s'est levée et s'est installée près de moi, calant sa tête sur mon bras.

— Je n'ose pas demander à Grégoire comment il connaît le générique, a-t-elle murmuré.

— Je n'ose pas demander à Grégoire combien de bières il a bues, ai-je soufflé, entourant Emma de mon bras droit.

— Tu es fait pour être avocat, Yann. N'en doute pas.

— Tu crois ? Et si je finis comme… ces types écœurants, piétinant tout sur leur passage ?

— On est là. Tu ne finiras pas comme ça. Je le sais. Tu seras… un type bien.

Comme par magie, mon monde retrouva un sens. Emma avait raison, jamais ils ne m'auraient laissé devenir ce que je détestais. Grégoire et Julie ont fini leur chanson dans un petit cri aigu, me tirant de mes pensées sombres. Ce soir-là, Emma a été la première, après mes parents, à croire en moi.

Mais ce n'est pas sa confiance qui m'a le plus touché ce moment. Parce que ce souvenir-là, bien sûr, n'a rien d'insignifiant. Il est massif, énorme. Il pèse sur votre vie, il vous guide quand les choses sont plus difficiles.

Ce soir-là, c'est la première fois que j'ai tenu Emma dans mes bras. Nous déjeunions ensemble, nous dînions ensemble, nous travaillions même ensemble. Mais ce soir-là, alors que Julie et elle étaient sur le point de rentrer à leur dortoir, Emma m'a pris dans ses bras. Sa tête contre mon torse, ses bras autour de moi, elle m'a souhaité une bonne nuit, pendant que, maladroitement, j'ai enroulé mes bras autour d'elle.

Jamais étreinte ne m'a paru si sincère. Quand Emma s'est finalement écartée, j'ai remarqué le léger rougissement de son visage. Elle a baissé les yeux, presque gênée.

— Bonne nuit à toi aussi, ai-je murmuré à son oreille.

Elle a rougi encore plus, bégayant à l'intention de Julie qu'elle était fatiguée.

Et ma nuit a été bonne, la première depuis le début de mon stage, six semaines auparavant.

Je ne sais pas ce qui m'a le plus marqué dans cette étreinte. Au départ, j'ai cru que c'était la force qu'elle y avait mise, comme si elle s'était accrochée à moi avec le désespoir d'une noyée. Mais ce n'était pas vraiment ça. Si notre première étreinte m'a tant marqué — je le sais maintenant —, c'est que j'ai été bouleversé par la chaleur de son corps contre le mien et par son odeur.

Encore aujourd'hui, les yeux fermés, au milieu d'une pièce, je sais reconnaître Emma. Elle a ce parfum épicé, piquant, qui attiserait les sens de n'importe qui. Sauf les miens. Sentir l'odeur d'Emma m'apaise. Juste parce qu'elle est là, à veiller sur moi.

Grégoire et Julie n'ont jamais commenté ma relation avec Emma. Curieusement, ils avaient intégré l'étrange évidence de ce qui nous liait. Encore aujourd'hui, je ne saurais dire exactement ce qu'Emma et moi trouvions l'un dans l'autre. Parfois, même dans le silence de la bibliothèque, il nous suffisait de nous regarder pour nous comprendre.

Lors de ma dernière année, Julie et Grégoire sont rentrés chez eux pour les vacances de printemps. Emma et moi sommes restés seuls à l'université. Et quand je dis seuls, c'était vraiment seuls. L'université avait été désertée par la quasi-totalité des étudiants.

— Tu cuisines ? ai-je demandé un soir, stupéfait, à Emma.

— Faire des sandwichs n'est pas ce que j'appelle cuisiner, Yann !

— Tu dis ça à un homme qui maîtrise à peine le micro-ondes. J'ai rapporté des films.

Nous nous sommes vautrés sur mon lit, pelotonnés l'un

contre l'autre, et nous avons regardé trois films d'affilée. Après trois ans de « relation » avec Emma, je l'ai alors vue verser sa première larme, à l'instant même où Forrest Gump amène son fils à l'arrêt de bus. Elle s'est excusée, a rougi, a fait toutes ces choses qu'elle fait encore aujourd'hui quand elle veut échapper à une situation embarrassante.

Elle m'a parlé des sandwichs, de son professeur de lettres, de sa dernière folie shopping avec Julie. Elle était irrésistible, rabattant ses cheveux pour se cacher un peu plus. La technique défensive d'Emma était imparable, ou presque. Je me suis contenté d'opiner, pendant que le générique a défilé.

Et puis, elle est partie. C'était sa troisième année et elle devait accomplir un stage elle aussi. L'ironie de l'histoire a voulu que ce soit mon père qui la pistonne pour un stage à Berlin, ou mes parents vivaient depuis peu. Julie, quant à elle, a décroché un stage au Canada et, comme nous l'avions fait pour elle, Grégoire et moi avons accompagné Emma à l'aéroport.

Vous connaissez ce sentiment intense de trac, d'estomac noué, de gorge sèche, de jambes en coton ? Quand j'ai franchi les portes de l'aéroport, j'ai été submergé par l'angoisse. Comme si, brutalement, j'avais réalisé que nous allions être séparés. On a pris un café, on a parlé des vacances à venir, Julie a appelé juste avant l'embarquement.

Pendant dix secondes, nous avons été tous les quatre ensemble. Je me souviens encore du pincement que j'ai ressenti à cet instant, en réalisant qu'il s'agissait de la dernière fois où nous serions tous réunis.

Cette fois, c'est moi qui l'ai attirée dans mes bras. Je voulais la sentir, enregistrer son parfum, garder sa chaleur. Elle allait me manquer et ma gorge s'est encore plus douloureusement asséchée.

Quand elle s'est écartée, elle a eu un instant d'hésitation, ou peut-être de perdition, comme si elle reprenait pied dans la réalité. Son regard s'est braqué furtivement sur Grégoire avant de revenir sur moi.

— Je… euh… merci, a-t-elle soufflé, en serrant désespérément la bretelle de son sac à dos. Merci de m'avoir accompagnée.

— Je t'en prie. Embrasse ma mère pour moi.

Elle a opiné puis, lentement, elle a reculé jusqu'à la porte d'embarquement. Je l'ai regardée s'éloigner, jusqu'à ce qu'on ne distingue plus rien d'elle.

— Y a-t-il une bonne raison pour que vous deux ?… a commencé Grégoire.

— Nous sommes amis, Grégoire.

— Oui. Et j'imagine que les quelques kilomètres qui vont prochainement vous séparer…

— Je ne veux pas en parler.

Ça a été la fin de toute conversation au sujet d'Emma et de moi.

Emma était douée. Très douée même. L'entreprise pour laquelle elle travaillait à Berlin lui a proposé un poste à l'issue de son diplôme.

— J'ai refusé, m'a-t-elle avoué au téléphone, la veille de son retour.

— Pourquoi ?

— As-tu des nouvelles de Julie ? J'ai tenté de la joindre sans succès.

— Emma, je…

— Et j'ai rapporté un verre à bière pour Grégoire. Je suis certaine qu'il va adorer !

— J'en suis certain aussi, ai-je marmonné.

Je n'ai jamais su pourquoi Emma avait refusé ce poste.

Quand elle est revenue, ma mère la suivait, tirant une petite valise à roulettes derrière elle ; elle venait passer quelques jours à Paris pour faire du shopping.

Après les étreintes d'usage, et malgré la déception de ne pas avoir Emma pour moi tout seul, maman m'a saisi par le bras.

— Demande-la en mariage !

— Maman ! C'est ma meilleure amie !

— Ce mimétisme, y compris dans vos réponses, est saisissant. Emma est charmante et adorable. Tu sais qu'elle cuisine ?

J'ai juste souri, jetant un regard à Emma qui nous suivait de loin.

En conduisant ma mère à son hôtel, j'ai croisé le regard d'Emma dans le rétroviseur. J'ai deviné son sourire à mon attention. J'ai souri en retour en réalisant que, pour la première fois, j'avais remarqué qu'Emma était jolie. Vraiment jolie.

Peut-être que j'avais tout simplement été aveugle.

— Quand reviens-tu à la maison ? s'est enquise ma mère.

Nouveau regard d'Emma. Une courte réflexion, mes mains crispées sur le volant, mes yeux rivés sur le miroir, mon cœur battant à tout rompre. Je ne voulais pas vivre à Berlin.

— Je me sens bien ici et je veux être sûr de faire le bon choix.

Ma mère a opiné. Mais elle était loin d'être dupe. Pourtant, ce qui aurait pu être le début d'autre chose entre Emma et moi mourut dans l'œuf au fil des jours. Elle et moi restions ici et, comme si elle n'était jamais partie, nous avons repris nos habitudes : nos films, nos rires, mon assiette de frites, ses regards, sa confiance en moi. Parfois, j'avais la sensation de marcher sur un fil :

rester sur le fil et garder son amitié ou tenter autre chose et pencher vers le vide.

Je suis resté sur le fil, lâchement. Elle a terminé l'université pendant que je prenais un poste dans un petit cabinet. Grégoire a lancé son entreprise de bâtiment, fêtant avec nous le gain de son premier appel d'offres. La vie active n'a pas été un grand chamboulement. Nos repères étaient toujours les mêmes, nos habitudes ne changèrent pas.

Il y a deux ans, Laura a débarqué dans notre petit groupe ultra-soudé. Blonde, grande, tout sourires ; honnêtement, même si elle était jolie, son physique assez froid ne jouait pas en sa faveur. Evidemment, quand elle a déboulé au café et que Grégoire — que je découvrais timide pour la première fois de ma vie — a dit que c'était sa petite amie, ça nous a fait un choc.

Mais Grégoire nous avait prévenus. Rien qu'avec une seule petite phrase, j'ai compris que Laura était là pour de bon.

— Elle est importante pour moi, a-t-il dit, juste avant qu'elle arrive. Très importante.

Passé la couche de glace et l'aspect tiré à quatre épingles, j'ai compris pourquoi Laura était faite pour Grégoire. Elle avait ce regard étrange quand elle lui parlait. Presque de la fascination. Et elle riait de bon cœur, brisant l'armure de son apparence rigide. Oui, elle était parfaite pour lui, énergique, belle, prévenante.

Et un flair que Sherlock Holmes lui-même lui aurait envié.

— Emma et toi ? m'a-t-elle demandé un mois plus tard d'un air entendu.

— Oh, non… Rien que des amis, ai-je ri, un peu nerveusement.

— Vraiment ? Il m'a semblé sentir une forme de… vibration.

— Non. Elle est quasiment une sœur pour moi.

J'ai appris à vivre avec Laura. Du moins, j'ai appris à vivre avec ses regards insistants sur Emma et moi, avec ses remarques quand nous partagions quelque chose, avec ses froncements de sourcils. Pendant quelques semaines, j'ai eu la sensation désagréable que Laura tentait de percer un secret honteux dans notre groupe.

Finalement, j'ai compris que le seul secret qu'elle était en train de percer, c'était *mon* secret. J'ai compris qu'elle savait lorsqu'elle m'a proposé de me présenter une fille, soi-disant faite pour moi. Je ne voulais voir personne. Emma me suffisait finalement. Même si je voulais plus, même si je rêvais de plus, j'étais heureux.

Heureux de la prendre dans mes bras quand je le voulais, heureux de rire avec elle, heureux de partager ses secrets. Tenter autre chose signifiait perdre ça et je savais que je ne pouvais plus vivre sans elle.

C'est dans la cuisine de Laura que le crime a eu lieu. De ce jour, mon petit secret était partagé avec une blonde que je connaissais à peine. Surréaliste.

— Mais…

— Laura, c'est non, ai-je tranché, un peu vivement. Je ne veux voir personne d'autre.

Après ça, le silence. Au ralenti, j'ai vu Laura s'écarter de moi, écarquiller les yeux, ouvrir, puis refermer la bouche, avant de me pointer du doigt. J'ai simplement soupiré, priant pour que la tempête soit brève.

— Depuis combien de temps ? a-t-elle demandé.

— Un certain temps, ai-je admis.

A vrai dire, j'étais incapable de définir l'instant où j'avais découvert que j'aimais Emma. Je l'aimais. Et ce simple fait suffisait à me coller une trouille bleue. Laura s'est tue et plus jamais elle ne m'a proposé de me présenter une fille.

Elle a cessé ses remarques, cessé de nous espionner. La bulle qu'elle avait percée a repris sa forme, toujours aussi hermétique. Emma n'en a jamais rien su. Malgré tout, les choses changèrent. Subtilement, presque sournoisement ; je me suis découvert tour à tour inquisiteur, méfiant, jaloux et ultra-protecteur. Chaque homme qui regardait Emma devenait un ennemi, chaque sourire qu'elle adressait à un autre était une trahison monstrueuse, chaque soirée où nous étions séparés était un enfer.

Je détestais ce que j'étais en train de devenir. Mais même en retournant le problème, je ne trouvais pas de solutions.

Thomas et sa naïveté m'ont aidé à écarter le brouillard dans lequel j'étais.

— Emma est ta femme ? a-t-il demandé un jour en pointant mon téléphone au bureau.

J'ai recraché mon café, en étouffant un rire nerveux.

— Euh… non.

— Ah ! Ta mère alors ?

— Non plus, ai-je nié en secouant la tête.

— Elle est en haut de la liste !

— Quelle liste ?

— Ton téléphone, a-t-il désigné. Numérotation rapide : elle est en haut de la liste.

— C'est une amie. Une très bonne amie. On se connaît depuis l'université.

— Ah ! Et elle est… jolie ? a-t-il risqué.

— Elle est très jolie, ai-je murmuré après un court silence. Nous avons beaucoup de points communs et nous sommes très proches.

— Rien entre vous ?

— Rien, je t'assure.

Ce demi-mensonge m'a achevé. D'une part, nier qu'il y avait quelque chose entre Emma et moi était horrible. J'avais la sensation de trahir notre amitié. D'autre part, j'aurais dû dire à Thomas que j'aurais aimé qu'il y ait *vraiment* quelque chose. Ça m'aurait évité le boulet de canon que j'ai pris en pleine tête.

— Tu me la présenteras ?

— Euh… oui.

J'ai juste prié pour qu'Emma ne soit pas trop elle. Ne soit pas trop adorable, pas trop gentille, pas trop drôle. Parce qu'alors, elle aurait été parfaite et je ne voulais pas qu'elle soit parfaite pour quelqu'un d'autre que moi. Nos vies étaient trop liées pour que je permette maintenant qu'elle m'échappe. J'avais gardé mon secret, j'avais écouté les siens, elle connaissait mes pensées les plus intimes — ou presque — et je refusais de sentir une partie de moi même m'échapper au profit d'un jeune blanc-bec.

Aussi, quand Grégoire m'a presque supplié pour que je l'accompagne à la boxe, je n'ai pas été long à convaincre. J'étais tellement en colère, contre moi, contre Thomas — le pauvre, qui ne le méritait pourtant pas —, contre Emma, contre Laura. J'en voulais à la terre entière et, avec une certaine lucidité, je savais pourtant que j'étais le seul fautif.

Alors, oui, j'ai tapé comme un crétin sur ce sac de sable. J'ai expurgé tout ce que je pouvais ce soir-là. Je ne me souviens pas de la douleur de mes mains, ni même de la tête de Grégoire. Mais je me sentais mieux. Ça n'a pas duré, car, juste après, j'ai pris mon second boulet de canon de la semaine.

— Je vais demander à Laura de m'épouser, a lâché Grégoire, tout en tapant méthodiquement sur une poire de vitesse.

En une phrase, Grégoire venait encore de m'enfoncer un peu plus. Il allait se marier — car Laura accepterait, de toute évidence — quand moi, je n'avais encore jamais osé inviter Emma à un rendez-vous. J'étais un sombre crétin. Je méritais ce qui me pendait au nez : Thomas et Emma finiraient ensemble.

Ou pire, Emma et un type encore mieux que Thomas, mieux que moi et qui lui ferait des papouilles pendant que je boirais mon *latte*. L'image m'était insoutenable et je suis retourné à mon sac de sable, me fustigeant de ma lâcheté perpétuelle.

Ce sont toutes ces minuscules pièces du puzzle : la serviette rose de Grégoire, le sourire de Julie, la météo catastrophique, la cuisine de Laura et ma liste de numéros préenregistrés qui ont mené à mon histoire avec Emma.

Dernièrement, Thomas m'a demandé pourquoi j'ai tant attendu, pourquoi j'ai pris le risque de la perdre un millier de fois. Je ne sais pas. Peut-être que nous avions besoin de tout ça pour être « nous ». Peut-être qu'attendre n'était pas une mauvaise chose, peut-être que ce jour-là, quand j'ai osé ne plus être sur le fil vacillant, j'ai pris le seul risque qui vaille.

Tout le monde connaît cette peur panique et incontrôlable du premier rendez-vous. Il y a ce mélange d'anticipation, de désir, de fantasmes. Toutes vos pensées se bousculent jusqu'à vous rendre incohérent et nerveux. Jusqu'à ce qu'Emma ouvre sa porte, j'étais dans un état catastrophique.

Quand je l'ai vue dans sa robe de soirée, mes pensées cahotiques et même tout mon cerveau se sont évaporés de mon crâne. Elle était… ravissante. Et tétanisante. Tellement tétanisante que je n'ai guère de souvenirs de ce premier rendez-vous, hormis la pression de son front contre mon épaule quand nous dansions sur *The Way You Look Tonight*.

La soirée, pour moi, n'est qu'une succession de scènes où Emma me sourit. Pendant notre unique danse, évidemment. Puis sur le chemin du retour dans la voiture. Chez elle, quand elle a enfin retiré ses chaussures et, surtout, quand je l'ai embrassée. Ce qu'elle a éveillé en moi à l'instant précis où ses lèvres se sont posées sur les miennes est indescriptible.

Je me souviens de la violence de mon désir, de la peau de son dos sous mes mains, du pyjama qu'elle a retiré, et qui, pour le coup, ne me faisait plus du tout rire. Après sa chaleur que je connaissais, après son odeur que j'avais appris à reconnaître, toucher Emma était une nouvelle sensation à appréhender.

La douceur de sa peau, la chair de poule qui la gagnait, son goût sucré, son corps à demi éclairé qui ne demandait qu'à livrer ses secrets. Et tout ce qui me trottait dans la tête, c'était qu'elle était à moi, allongée sur son lit, murmurant mon prénom, soupirant de plaisir. Je revois son dernier sourire, juste avant de s'endormir. Si je croyais connaître Emma parfaitement, connaître ses mimiques et ses habitudes, cette nuit-là, j'ai découvert ce sourire, celui qui n'appartient qu'à moi.

Elle était parfaite. Parfaite pour moi, comme toujours. Après dix ans, je ne voulais plus attendre.

Certains diront que c'était précipité, d'autres, au contraire, qu'il était temps. Emma a toujours pensé que j'avais agi sous l'impulsion de l'orgasme. Peut-être. Je n'en sais rien. Je voulais juste qu'elle soit ma femme aux yeux de tout le monde. Je voulais être l'homme qui la rendrait heureuse.

L'annonce de la nouvelle à mes parents n'a pas tardé.

— Maman, tu te souviens d'Emma ? ai-je murmuré, très hésitant, en attirant Emma contre moi.

— Vaguement, a-t-elle souri avec humour.

— J'ai demandé à Emma de m'épouser et elle a accepté.

Techniquement, ma mère aurait dû être ravie. Elle l'a été cinq secondes. Les cinq secondes géniales et idylliques, avant qu'elle demande à voir la bague de fiançailles. Après, j'ai eu le droit à un sermon, à un rappel à l'ordre des bonnes manières et j'ai dû promettre d'arranger les choses dans la semaine.

J'ai donc arrangé les choses. Un soir, en rentrant du travail et après avoir fait une escale au traiteur chinois, j'ai proposé à Emma de nous faire un plateau-télé. Si j'avais demandé Emma en mariage dans une voiture embuée, j'étais désormais prêt à surpasser cette première demande et à faire les choses bien.

— Emma, veux-tu devenir ma femme ? ai-je débité, un genou à terre, la bague fichée dans un nem.

— Tu sais qu'un jour, on racontera à nos enfants que tu m'as demandée en mariage avec un nem et alors que j'étais en pyjama ?

— Je sais, ai-je souri. Et je sais que ton pyjama est à l'origine de nombre de mes fantasmes.

Je me suis relevé et je me suis assis sur le canapé. Emma n'a pas répondu et j'ai suspecté une nouvelle manœuvre défensive visant à me faire changer d'avis. Elle a fini par me jeter un regard amusé, avant de me faire allonger sur le canapé, son corps couvrant le mien.

— Tu progresses, maintenant tu me demandes en mariage avant de faire l'amour.

— Oh… On va… ?

— Oui, a-t-elle murmuré.

— Ici ?

— Oui.

Elle a posé un baiser tendre sur mes lèvres, avant de planter ses yeux dans les miens. Le premier bouton de ma chemise a sauté, atterrissant quelque part dans la pièce, puis Emma a embrassé le haut de mon torse. Le reste est englouti dans le plaisir que j'ai ressenti en la voyant bouger au-dessus de moi. Elle était si sexy, emportée par son désir.

Il me reste un souvenir précis de cette nuit hors du commun. C'est quand Emma s'est finalement allongée sur moi.

— Je veux t'épouser, a-t-elle murmuré, comme si c'était un secret, à mon oreille.

Et pendant de nouveau cinq secondes, il y a eu ce bonheur parfait, idéal. Elle était à moi, elle était sur moi, comme la première fois, elle partageait ses secrets avec moi. En dix ans, notre relation n'a guère changé, mais je ne crains plus ce que je ressens pour elle.

Après les fameuses cinq secondes, Emma a pris la bague et a tenté de la glisser à son doigt. Mais l'anneau était bien trop grand et j'ai eu la sensation de briser l'instant parfait que nous avions créé. Ce qui devait arriver arriva donc : j'ai demandé Emma une troisième fois en mariage, en plein milieu de la boutique, avec la bague à la bonne taille.

Elle retire son tablier de cuisine et nos regards se croisent. Ce n'est que maintenant que je réalise qu'elle porte ma veste. Celle que je lui ai donnée le jour de notre rencontre. Je lui souris largement, avant de me lever et de l'attirer contre moi.

— Tu as fini ? me demande-t-elle.

— Presque. J'ai jeté quelques idées ici et là. J'ai toujours fait mes meilleurs plaidoyers quand ils n'étaient pas minutieusement préparés. A quelle heure doivent-ils arriver ?

— D'ici trente minutes.

Un sourire machiavélique s'étire sur mes lèvres, mais elle me frappe de la main en riant.

— Pas ce soir, Yann.

Et comme pour me prouver qu'elle a raison, le destin fait sonner la porte d'entrée. Le destin s'appelant Laura et Grégoire. Thomas les suit de quelques minutes.

— Julie n'est pas encore là ? s'inquiète Emma en regardant sa montre.

— Elle m'a dit qu'elle ne devrait plus tarder, lance Laura en s'effondrant sur le canapé.

— Je vais l'appeler, propose Thomas.

Une touche. Une seule. Numérotation rapide. Je fronce les sourcils à destination de Thomas, qui me tourne le dos pour caler le combiné contre son oreille. Emma glisse sa main dans la mienne et me propose de préparer les boissons.

Julie arrive finalement. Sur le seuil de notre appartement, ruisselante de pluie, pestant contre le réchauffement climatique qui est parvenu à ruiner ses Manolo.

— Quand je pense au nombre de parapluies que tu aurais pu t'offrir avec seulement un de tes souliers, sourit Grégoire.

— La ferme, Greg.

— Est-ce que ça va ? s'inquiète Thomas en retirant sa veste pour couvrir les épaules de Julie.

— Je vais te passer des vêtements secs, propose Emma en l'accompagnant à notre chambre.

Du coin de l'œil, je vois Thomas la suivre des yeux, la couvant presque. Julie risque un regard vers lui, resserrant sa veste autour d'elle. Cette impression de déjà-vu me tire un sourire. Thomas garde son secret précieusement, même au bureau, nous n'avons jamais abordé le sujet Julie. Du moins, pas depuis qu'elle a refusé d'aller plus loin avec lui.

Quand Julie réapparaît, sèche et plus souriante, les boissons sont servies. Emma vient s'installer sur mes genoux, son souffle chaud balayant agréablement mon cou et ma nuque. Je sens sa bague de fiançailles qui frotte contre ma peau.

Grégoire et Laura sont radieux. Tout le monde le serait après dix jours de lune de miel aux Caraïbes.

— Je reviens de chez ma sœur, lance Julie avec un sourire diabolique aux lèvres.

— Oh ! Alors, sur une échelle de 10, à quel point est-ce catastrophique ?

— C'est l'apocalypse. Elle fait un bon 46 et je jure que j'ai vu un cheveu blanc sur sa tête, opine-t-elle avec joie.

— Est-ce qu'elle porte… des joggings ? demande Laura, conspiratrice.

— Des tas. Celui d'aujourd'hui était rose !

La lueur de victoire dans les yeux de Julie me fait sourire. Laura est horrifiée et secoue la tête, dépitée d'assister à une telle déchéance. Aucune chance que je puisse voir un jour Laura dans un hideux jogging. Même en cas d'apocalypse. Elle se baladerait plus facilement nue qu'avec ce genre de choses sur les fesses.

Pourtant, Emma porte les miens, le matin, quand elle boit son café. Je n'ai aucune idée de pourquoi je trouve ça archi-sexy sur elle. Peut-être parce que ça me donne la preuve qu'elle est à moi.

Soudain, Grégoire se redresse et lève le nez. Si Laura a du flair au sens figuré du terme, Grégoire a un odorat redoutable, avec une prédisposition pour les alcools.

— Tu as fait des lasagnes ? se réjouit-il, un sourire immense barrant son visage.

— Oui, Grégoire. Et j'ai fait un plat que tu pourras rapporter chez toi.

— T'as intérêt de l'épouser vite fait, me menace Grégoire, très sérieux.

Emma joue avec mes cheveux, juste au-dessus de la nuque. Je lui lance un regard. Elle sait que j'adore ça et me sourit en retour. Quand je retourne mon attention sur le groupe, Julie lève les yeux au ciel, se moquant ouvertement de ce qu'elle appelle nos « dégoûtantes papouilles ».

— Trouve-toi un mec ! dis-je en riant.

— J'ai cessé de chercher. Yann, sincèrement, c'est ta faute tout ça.

— Ma faute ?

— La barre est trop haute. Deux jours pour une demande en mariage, tu réalises ? Et le coup de la chanson, franchement ! C'est… inhumain et donc, je dois me faire une raison, tu as saccagé ma potentielle vie amoureuse, assène-t-elle en croisant les bras sur sa poitrine.

J'entends Emma étouffer un rire dans mon épaule, pendant que Thomas se statufie un peu plus dans le fauteuil, juste à côté de Julie.

— Julie, je suis certain que tu trouveras quelqu'un à la hauteur. De toute évidence, je ne suis pas… parfait.

— Tu es parfait pour moi, murmure Emma, dans un souffle à peine audible.

Julie s'effondre dans son fauteuil, un petit air agacé sur le visage. De nouveau, mon regard se porte sur Thomas. La seule différence entre lui et moi, c'est que son secret n'en est plus un depuis très longtemps. Nous sommes tous là, spectateurs de son impuissance devant Julie. Dès qu'il croit tenir une prise sur elle, elle trouve le moyen de fuir.

— Tu as sorti le Pictionary ? me demande Grégoire.

— Je m'en occupe.

C'est ainsi qu'Emma et moi passons notre dernière soirée de célibataires. Avec nos amis, avec ses lasagnes, avec le rire de Grégoire, avec l'incroyable capacité de Laura à décoder le sens des gribouillis enfantins de Grégoire, avec Julie et ses yeux qui se lèvent dix fois en une minute, avec Thomas qui parvient à lui tirer trois sourires énigmatiques.

Avec Emma et la certitude que l'épouser demain est la meilleure décision de ma vie.

Le jour suivant, malgré ma confiance absolue en notre relation, j'ai la sensation que ma veste pèse une tonne. Surtout depuis que j'y ai glissé mes vœux, que j'ai terminés au matin. Je suis devant l'autel et je joue nerveusement avec mes boutons de manchette.

Grégoire me gratifie d'une accolade fraternelle, avec un tonitruant « Bienvenue au club ». Thomas et Julie, au premier rang, se tiennent la main. Comment Thomas est-il parvenu à cet exploit ? Franchement, je n'en ai aucune idée.

Brutalement, tout s'allège. La musique résonne dans la petite église, la foule se lève et j'attends pour la regarder.

J'observe le visage de Julie, qui sourit à s'en faire mal aux joues.

Je croise le regard de Grégoire et je peux jurer y avoir vu une larme.

Je vois le visage de Laura se figer et j'en déduis qu'Emma vient d'arriver.

A côté de Laura, le visage de ma mère, émue, heureuse,

fière, pendant qu'elle écrase la main de mon père dans la sienne.

Je relève les yeux vers l'allée. Je regarde le père d'Emma, qui m'a fait l'honneur de me donner sa fille en échange de ma promesse de faire uniquement son bonheur. Il bombe fièrement le torse.

Et finalement, mes yeux retrouvent ceux d'Emma. Si j'ai déjà eu l'occasion d'y plonger dans les moments d'extase, ou plus simplement quand je lui parle, je n'ai jamais vu une telle lueur. Je n'ai jamais aimé ces mariages affreux où la mariée est tout juste elle-même. Là, j'ai Emma devant moi, la Emma dégoulinante de pluie, celle qui m'apaise, celle qui panique, celle qui porte mes joggings, celle dont je suis amoureux depuis… un certain temps.

Ma Emma.

Lentement, elle remonte l'allée, son sourire s'élargissant au fur et à mesure qu'elle approche de moi. Sans rien dire, son père dépose sa main dans la mienne.

— Il va vraiment falloir que tu m'épouses maintenant, murmure Emma avec un sourire.

— Tes désirs sont des ordres.

Quelques instants plus tard, je récite mes vœux. Mon fameux plaidoyer improvisé. Rien n'existe plus que son regard lumineux. Elle est concentrée, m'écoutant avec cette attention habituelle. Pourtant, quand je mentionne ma veste disparue et l'odeur des sapins, elle flanche. Son rire résonne dans l'église et c'est le plus beau des sons.

Ensuite, il y a une forme de flou. Emma déclame ses vœux et personne d'autre hormis elle n'existe. Comment se souvient-elle de ma sonnerie de téléphone de l'université ? Comment a-t-elle fait pour exhumer le souvenir de notre première soirée Pictionary, soirée où notre duo s'est imposé comme une évidence ?

En tremblant, je glisse une alliance — à la bonne taille — à l'annulaire d'Emma. Et elle m'imite ensuite, tremblant encore plus que moi. Voilà encore un souvenir insignifiant qui va me hanter : la sensation du métal froid sur ma peau, suivie par le frôlement des mains d'Emma.

— Monsieur et madame Garnier, annonce le prêtre.

Et juste après, je suis englouti par Julie, Thomas, Grégoire et Laura. Emma est contre moi, les autres autour de nous. Nous rions, je vois Emma écraser une larme, j'ai peur de mourir étouffé par Grégoire.

Finalement, ils s'écartent et, en une seconde, je réalise qu'Emma est devenue officiellement mienne. Je l'embrasse doucement, ses lèvres caressant furtivement les miennes.

— Je t'aime, lui avoué-je, au milieu du brouhaha de nos amis.

Elle sourit simplement. Et ce sourire ne la lâche plus de la soirée.

Plus tard, Otis Redding chante pour nous. Enfin surtout pour elle. *I've Been Loving You* est mon choix, celui qui s'est imposé comme une évidence. Thomas et Julie dansent près de nous, hilares, et dans une cadence bien trop rythmée pour la chanson.

— Alors, Thomas et Julie ? je m'enquiers auprès d'Emma.

— Tu veux la version de Julie ou celle de Thomas ?

— Celle qui prendra le moins de temps possible.

Elle fronce les sourcils, sans comprendre.

— J'envisage de t'enlever d'ici une petite heure, murmuré-je à son oreille, avant d'embrasser la peau de son cou.

— Thomas a fait danser Julie sur Kool & The Gang.

— Chez lui ? demandé-je, atterré par ce début d'explication.

— Oh, non, ça serait bien trop… simple pour Julie.

Après notre soirée, il l'a raccompagnée. Il s'est garé deux pâtés de maison plus loin, il l'a fait sortir de la voiture, a poussé la stéréo à fond et Kool & The Gang les a réunis.

— Evidemment. Il l'a demandée en mariage ?

— Pas encore, sourit Emma. Mais le meilleur reste à venir.

— Le meilleur reste à venir, approuvé-je.

Je la serre un peu plus contre moi, sentant Emma exhaler un soupir de plaisir. En la sentant se coller un peu plus à moi, en devinant ses lèvres dans mon cou, je sais exactement quel souvenir va se graver dans ma mémoire. Elle se met sur la pointe des pieds, cale la bouche à proximité de mon oreille et, dans un murmure tout juste audible, elle m'avoue un nouveau secret.

— Tu te souvenais aussi de cette chanson ? me demande-t-elle.

— Non, ai-je soufflé, sans comprendre.

— Chez moi, après la vente de charité, quand nous avons… Notre première nuit, bégaye-t-elle. C'était cette chanson. C'était *I've Been Loving You*.

Elle s'écarte doucement, les yeux embués de larmes, pendant que je prends conscience à quel point je l'aime. Je l'aime depuis longtemps.

— Je t'aime, murmure-t-elle, couvrant les paroles de la chanson.

— Je t'aime aussi.

Fan d'EMILY *Blaine* ?

Découvrez sans plus attendre les aventures de Charlotte et Jérémiah !

Peut-on vraiment tourner la page de son premier amour ?

C'est en tout cas ce que pensait Charlotte. Jusqu'à ce que son passé resurgisse, bouleversant tous les repères de la vie qu'elle s'est efforcée de reconstruire. Un passé aux traits séduisants, au charme irrésistible et au sourire impertinent. Un passé qui s'appelle Jérémiah et qui, aujourd'hui encore, parvient à provoquer en elle des émotions qu'elle pensait disparues. Car il a été son premier amour, le plus sincère, le plus intense. Un amour qu'elle a choisi d'enterrer dix ans plus tôt. Mais aujourd'hui, Jérémiah est de retour, bien décidé à la reconquérir et à retrouver la jeune femme dont il est tombé amoureux. Et pour cela, Il a un plan complètement fou : l'obliger à réaliser ses rêves de jeunesse avec lui, même si elle n'a gardé aucun souvenir des vœux qu'elle a formulés à l'époque.

Composé et édité par HarperCollins France.

Achevé d'imprimer en septembre 2016.

CPI
BLACK PRINT

Barcelone

Dépôt légal : octobre 2016.

Pour limiter l'empreinte environnementale de ses livres, HarperCollins France s'engage à n'utiliser que du papier fabriqué à partir de bois provenant de forêts gérées durablement et de manière responsable.

Imprimé en Espagne.